毕淑敏

◎著

晚安

夜风相伴

北方联合出版传媒(集团)股份有限公司

万卷出版公司

2016年·沈阳

图书在版编目（ＣＩＰ）数据

晚安·夜风相伴 / 毕淑敏著. -- 沈阳 : 万卷出版公司，
2016.12
ISBN 978-7-5470-4319-6

Ⅰ.①晚… Ⅱ.①毕… Ⅲ.①散文集 – 中国 – 当代 Ⅳ.
①I267

中国版本图书馆CIP数据核字(2016)第237256号

出版发行：北方联合出版传媒（集团）股份有限公司
　　　　　万卷出版公司
　　　　　（地址：沈阳市和平区十一纬路 25 号 邮编：110003）
印 刷 者：湖南省众鑫印务有限公司
经 销 者：全国新华书店
幅面尺寸：150 mm × 210 mm
字　　数：160 千字
印　　张：8
出版时间：2016 年 12 月第 1 版
印刷时间：2016 年 12 月第 1 次印刷
责任编辑：王亦言
文字编辑：刘　青
封面设计：小名鼎鼎
内文设计：丘　山　齐晓婷
内文插画：ES 女王样
责任校对：落　语
ISBN：978-7-5470-4319-6
定　　价：28.80 元

联系电话：024-23284090
邮购热线：024-23284050
传　　真：024-23284448
E － mail：vpc_tougao@163.com
网　　址：http://www.chinavpc.com

夜风相伴

伴，什么意思？它指的是在一起而能互助的人。

风是一种空气流动的现象，气象学规定得更细致一点儿，风是特指空气在水平方向的流动。我便有点纳闷，空气在垂直方向的运动又叫什么呢？查了相关资料，说如果空气直上直下地运动，叫气流。资料上还说，水平运动的空气也可以叫水平气流。总之，风，是个俗语，是空气动起来的小名。

合上书本想了想，我还是喜欢把拂面而来的轻柔空气叫微风，而不是叫什么微水平气流。

好，不去想那么多的科学吧。夜风，顾名思义，就是夜晚的风。

把这个题目继续拆解——在夜里，陪伴我们的只有水平流动的空气。

看到这儿，你可能要说，嗨！罗唆半天，不就是说什么人也没有，就你孤独一个嘛！

是的，夜里，常常只是一人独处，带着挥之不去的寂寥。

其实，在很多白天，我们也只是一个人，但似乎孤单不明显。我们扎在人群中间，像一根刺。就算周围没有人群，也有太阳和声响。不过，追究下去，一群人就不孤单了吗？我们难道不是常常窝在人群中间，感觉彻骨的孤单吗？

孤单不孤单，并不在乎人多人少，而在乎你内心有无并肩而行的意念。

听过一个故事。年轻的妈妈得了不治之症，而女儿还小，刚刚懂一点儿人间之事。妈妈想，如果有一天我走了，人们怎么向孩子解释我的消失呢？女儿如果思念我，这小小的人，该如何是好呢？我能做点什么呢？

妈妈竭尽最后的脑力琢磨这个问题，终于想好了一套说辞。她吃力地蹲下来，用瘦骨嶙峋的手臂环住小女儿说，有一天，孩子，我会走。

小女儿说，你天天不是都走吗？是要走去更远的医院吗？

妈妈说，这一次，我会走得很远很远，比所有的医院都远，走了就不再回来。

　　小女儿说，很远是什么地方？那你不想我吗？可我会想你的。

　　妈妈说，我想你，我会常常回来看你。只是那时的我和现在的我，有点不一样，我变成了风。我走了之后，如果你看到原本低垂的彩旗边缘变得平了，如果你听到或大或小的风声，如果你看到树枝摇动、花朵点头，那都是我在你周围走过，是我来看你了。

　　女儿用力点点头说，妈妈，我记住了！你变成了风的样子。可是，我怎么才能看到你呢？风是看不见的啊。

　　妈妈说，如果你想我了，就睡觉吧，我会飞到你的梦中来看你。你可以小声和我说话，我什么都听得见，因为，我是风啊。

　　夜风里藏着我们曾经的所有往事，藏着一切我们深爱的人，藏着我们的温暖回忆和永不忘怀的思念。

　　即使这世上什么都没有了，只要有风，我们就不孤独。风与我们同在，如同爱的记忆与我们同在，美好的往事与希望与我们同在。它们化为柔和的夜风，清爽洁净地包绕着我们，伴我们安眠。

∘ 目录

Wan
An

CONTENTS

晚　安　·　夜　风　相　伴

○ 爱的
回音壁

Wan
An

　　现今中年以下的夫妻，几乎都是一个孩子，关爱之心，大概达到中国有史以来的最高值。家的感情像个苹果，姐妹兄弟多了，就会分成好几瓣。若是千亩一苗，孩子在父母的乾坤里，便独步天下了。

　　在前所未有的爱意中浸泡的孩子，是否物有所值，感到莫大的幸福？我好奇地问过。孩子们撇嘴说，不，没觉着谁爱我们。

　　我大惊，循循善诱道，你看，妈妈工作那么忙，还要给你洗衣做饭，爸爸在外面挣钱养家，多不容易！他们多么爱你们啊……

　　孩子们很漠然地说，那算什么呀！谁让他们当了爸爸妈妈呢？也不能白当啊，他们应该的。我以后做了爸爸妈妈也会这样。这难道就是爱吗？爱也太平常了！

我震住了。一个不懂得爱的孩子，就像不会呼吸的鱼，出了家庭的水箱，在干燥的社会上，他不爱人，也不自爱，必将焦渴而死。

可是，你怎样让由你一手哺育长大的孩子，懂得什么是爱呢？从他的眼睛接受第一缕光线时，已被无微不至的呵护包绕，早已对关照体贴熟视无睹。生物学上有一条规律，当某种物质过于浓烈时，感觉会迅速迟钝麻痹。

如果把爱定位于关怀，随着孩子年龄的增长，对他的看顾渐次减少，孩子就会抱怨爱的衰减。"爱就是照料"这个简陋的命题，把许多成人和孩子一同领入误区。

寒霜陡降也能使人感悟幸福，比如父母离异或是早逝。但它是灾变的副产品，带着天力人力难违的僵冷。孩子虽然在追忆中，明白了什么是被爱，那却是一个正常人家不愿走进的课堂。

孩子降生人间，原应一手承接爱的乳汁，一手播洒爱的甘霖，爱是一本收支平衡的账簿。可惜从一开始，成人就间不容发地倾注了所有爱的储备，劈头盖脑砸下，把孩子的一只手塞得太满。全是收入，没有支出，爱沉淀着、淤积着，从神奇化为腐朽，反让孩子成了无法感知爱意的精神残疾。

我又问一群孩子，那你们什么时候感到别人是爱你的呢？

没指望得到像样的回答。一个成人都争执不休的问题，孩子能懂多少？比如你问一位热恋中的女人，何时感受被男友所爱？回答一定光怪陆离。

没想到孩子的答案晴朗坚定。

我帮妈妈买醋来着。她看我没打了瓶子，也没洒了醋，就说，闺女能帮妈干活了……我特高兴，从那会儿，我知道她是爱我的。翘翘辫女孩说。

我爸下班回来，我给他倒了一杯水，因为我们刚在幼儿园里学了一首歌，词里说的是给妈妈倒水，可我妈还没回来呢，我就先给我爸倒了。我爸只说了一句，好儿子……就流泪了。从那次起，我知道他是爱我的。光头小男孩说。

我给我奶奶耳朵上夹了一朵花，要是别人，她才不让呢，马上就得揪下来。可我插的，她一直戴着，见着人就说，看，这是我孙女打扮我呢……我知道她是爱我了……另一个女孩说。

我大大地惊异了，讶然这些事的碎小和孩子铁的逻辑，更感动他们谈论时的郑重神气和结论的斩钉截铁。爱与被爱高度简化了，统一了。孩子在被他人需要时，感觉到了一个幼小生命的意义。成人注视并强调了这种价值，他们就感悟到深深的爱意。在尝试给予的同时，他们懂得了什么是接受。爱是一面辽阔光滑的回音壁，微小的爱意反复回响着、折射着，变成巨大的轰鸣。当付出的爱被隆重地接受并珍藏时，孩子终于强烈地感觉到了被爱的尊贵与神圣。

被太多的爱压得麻木，腾不出左手的孩子，只得用右手，完成给予和领悟爱的双重任务。

天下的父母，如果你爱孩子，一定让他从力所能及的时候，开始爱你和周围的人。这绝非成人的自私，而是为孩子一世着想的远见。不要抱怨孩子天生无爱，爱与被爱是铁杵成针百年树人的本领，就像走路一样，须反复练习，才会举步如飞。

如果把孩子在无边无际的爱里泡得两眼翻白，早早剥夺了他感知爱的能力，育出一个爱的低能儿，即使不算弥天大错，也是成人权力的滥施，或许要遭天谴的。

在爱中领略被爱，会有加倍的丰收。孩子渐渐长大，一个爱自己、爱世界、爱人类也爱自然的青年，便喷薄欲出了。

○关于爱的
奇谈怪论

　　爱是人们常常谈论的话题，因为在空气、水分、食物和安全之后，就是我们的爱了。比如安全这问题，表面上看来是对环境的要求，其实是对爱的一种深化，我们只有在爱中，才感觉自己是有价值，是值得爱护、保护、珍惜和发展的。一个丧失了安全感的人是无法爱自己和爱世界的。比如人际关系，更是爱的浓缩和放大。难以设想，一个不爱他人的人，会有广泛的朋友和良好的人际关系。当然，他的身旁可能会聚集着一些人，但那不是心灵的需要，只是利益的驱使。谈到自我发展，更是爱的高级阶段。因为你有爱，超越了一己的范畴，才扩展到更广泛的人和物。在这种升腾和弥散过程中，爱变成一种柔和的光芒，从一个核心的晶体稳定地散发着，把温暖和明亮，播扬到远方。

但是，当人们议论起爱的时候，却有着许多混淆和迷乱的地方。爱成了一个大花脸，大家都随心所欲地涂抹着它的面孔，把自制的油彩敷在她的嘴角和眉梢。

爱于是变得诡谲和莫测起来。

有几个流传很广的说法，我想提出讨论。

其一，爱和年龄有关吗？

这是人们通常不付诸书面，却彼此心照不宣的概念。具体意思是——只有年轻人才享有充满富饶的爱意，它的浓度随着年龄的增长而逐步递减，从高耸的爱的山峰萎缩至贫瘠的爱的荒原。由于这一爱的假设的存在，年轻人因此而沾沾自喜，觉得自己仿佛享有一个爱的太平洋，可以不加计算地挥霍爱意。上了年龄的人则很气馁，当谈到爱的时候，很有一些王顾左右而言他的窘迫。爱的门扉已经像一间到了下班时间的商场，缓缓关闭。店员们带着疲惫的笑容在重复着"欢迎光临"，你也花光了所有的积蓄，即使别人不翻白眼，自己也无颜再耽搁，只有缩着脖子夹着尾巴却步抽身，才是明智之举。

有一种影响约定俗成——那就是——爱——似乎是年轻人的专利，或者只有他们才有深入探讨的必要。当人们说到中年或老年人的爱意时，会扭扭捏捏地觉得那是一种爱的残次品，不那么正宗，不那么地道。比如在形容青年以上年纪人的爱情时，基本不会用"火热"这个词，而只以"温馨"代替。毋庸置疑，温馨比火热的程度，要差着好几个数量级呢。

在人们约定俗成的看法中，爱是有年龄限制的。它大量地存在于生命旺盛的青少年，而较少地分泌于生命渐趋平稳和衰落的成熟期和晚期。

这岂止是谬误的，首先是奇怪的。它把爱这种密切属于人类的高等和神圣的感情，简化到相当于睾丸素、黄体酮之类的内在的荷尔蒙分泌物和诸如皱纹和胡须这种简单的外在指标了。

这必然首先牵涉到爱是一种生理现象还是一种精神现象。

持年轻人拥有最多的爱意的看法的人，其实是把爱定位在激素特别是性激素的产量上了。如果这样看来，年轻人是一定会把老年人打败的。但不幸或者是有幸的是，爱是一种精神状态，是一种需要不断修炼和提高的艺术，是一种积累经验审视自我的完善过程。因此，爱是与年龄无关的，它是心灵的能力。

其二，爱和对象有关。

中国有一句俗语，现在被人用得越来越多了，那就是——遇人不淑。原来是女人专用的，如今也常常听到被抛弃和耍弄的男人长吁短叹此词。爱错了人的惨剧，古往今来，总是屡屡发生。人们在唏嘘之余，总是悲叹那薄命女子痴情汉，怎么不把眼睛擦亮，偏偏遇到了不该爱不能爱的人，糊里糊涂地就爱上了，且爱得水深火热？于是顺理成章地归纳出：在此情此景中，爱是没有过错的，错的是那爱的对象，不能承接爱，不能感受爱，不配得到爱……总之一句话——所爱非人。

这就有一点儿讨论的必要了。

爱在这种悲剧中，似乎是孤立的一盆水，可以从楼台上闭着眼睛，泼到任何一个人身上，凭的是冥冥之中的概率，和那个施爱者是没有关系的。甚至有一种可怕的论调，爱是盲目的，爱是碰运气，爱是不可知不可测定的，爱是没有规律的……

爱在这里蒙上了宿命和诡谲的色彩，被妖魔化了之后，躲在命运的山洞里，伺机以画皮的模样谋害我们。

这样以少数人的愚蠢所导致的失利，来嫁祸于爱的清白之躯，是不公平和不正派的。

爱是一个正常心智的明媚选择，它积聚了一个人的精神能量和所有的素养智慧，是综合力量的体现。它首先表现在施爱者是有力量和有眼光的。如果你根本没有爱的能力，好比压根不会游泳，你误入爱的海洋，你被淹得两眼翻白，甚至有生命危险，但这不是海水的过错，这是因为你对自己的技艺判断失误。这是你的责任，怎么能迁怒于一望无际、波澜壮阔的大海呢？人们对于自然界是如此的宽宏大量和易于理解，为什么就对与我们休戚与共的爱，如此苛求相逼呢？这后面是否掩藏着我们人类对自己的宽纵和对无言情感的肆意欺凌呢？你爱错了，责任在你。不但说明你的眼睛不亮、视力散光、聚焦不准，而且说明你根本就不懂得什么是爱。灾祸发生之后，搞清楚责任，是一件痛苦和扫兴的事情，特别是在枝蔓生长到一败涂地的时候，挖掘出最初那悲惨的种子，原来竟是自己亲手播种；当灾异显出狰恶之相时，自己非但没有亡羊补牢、斩草除根，反倒以血饲虎、姑息养奸，以致贻害无穷……需要极大的勇气和力量来审判自己。

甚至可以武断地说，由于这类悲剧事件的主人公，原本对爱的理解就颇多肤浅偏颇，当他们气定神闲的时候，你都不能指望他们的明智和清醒，在危机倒海翻江而来的时候，期待他们能有很好的自省力度，几近奢望。同时，我也深信，不幸的现场，如果妥加发掘，是一堂虽然付出高昂学费，但也会物有所值的宝贵课堂。有时，幸福这个老师，和颜悦色地教授给你学问，绝对逊色于灾难声色俱厉的鞭挞。可惜的是，浑身伤痕的爱的败阵者、怨天尤人的呓语者，骂遍了天下人，单单饶过了自己。所以，我很想杀风景地提醒一下善良的人们，对在爱的战役中的败将，如果他或她没有对自身的反思和批判，如果在交了一笔昂贵的爱的学费之后，学会的只是指责和怨恨，那么，无论他或她显得多么楚楚可怜，你可以帮助以金钱，却勿倾泻情感。因为他们不懂真爱，还需努力学习。

搞清爱的最主要方面，不在于爱的对象，而在于爱的主体，是沉冷严峻的判断。当你在人世间承受着种种知识的积累的时候，你还需不断历练对于爱的思索和实践。

你要善于总结经验，你的爱情等待你的看法，你的爱情验证你的看法，你能够有什么样的爱情观，你就有什么样的爱情。你的观念就是你的命运。

○恋爱为什么
无疾而终

Wan
An

　　我开诊所的时候，有一天来了一位美丽的姑娘。她的外表看起来几乎无懈可击：身材玲珑有致，充满了女性的味道，但绝不张扬。皮肤有一种珍珠般的柔和光泽，莹莹闪光而不烁目，头颈上下浑然一体，没有任何泾渭分明的色差界限，看得出是天生丽质，不是蜜粉涂抹化妆所为。五官很清俊，搭配在一起，鹅蛋脸，柳眉入鬓，只是嘴巴有点大，和中国古代的仕女形象有一点儿区别，但我知道，如今大嘴巴正是性感的标志。一袭粉蓝色的职业装，双腿优雅地叠架在一起，浑圆的膝盖在剪裁贴身的高档毛料下，若隐若现。我们就称她为梓怡吧。

　　梓怡款款说来，我是从国外回来的，我知道心理医生是干什么的。不一定非要出了大问题，比如抑郁症或是要自杀什么的，才来看心理医生。我在一般人眼里很正常，甚至是太正常了。我要求教您的也是一个很正常的问题，就是——我的恋爱为什么总是无疾而终？刚开始交往得好好的，彼此都谈得来，但是深入接触之后，那些男子就都退避三舍了。真的，不是我不愿意，都是他们先打退堂鼓了。您可以想见这样的结局对我的打击有多大。也许说是打击，也不完全准确，更多的是好奇。我怎么啦？我难道配不上他们吗？我各方面的条件都很优越，说实话，我跟他们交往，已经抱了一种下嫁的姿态。我有国外的文凭，收入很高，自己有房子有车，其他的硬件条件，您也看到了，不是我自夸，真的也是百里挑一呢。而且，我也很会示弱呢！

我有点惊奇，轻声重复道：示弱？

她说，对啊，我会把我的收入打个五折，不然太高了，会让男方自卑。我也会心甘情愿地跟着男朋友到小馆子吃饭，要知道我平日出差，都是五星级酒店呢！我并不怕吃苦，但该让男士有表现绅士风度的机会，我是一定留给他们的……刚开始交往不久，我就会督促他们给家中的老人买礼物贺生日。倒不是我故意要装出贤惠的样子，实在是我也常常惦念自己的父母，希望大家都能有一颗孝顺之心……您说我做的还有哪些不够呢？真想不明白。

现在，不但是梓怡想不明白，连我也一头雾水了。我想，莫非那些个男子真是有眼无珠，这么好的一个妙龄女子，为什么他们却不知珍惜？

心理咨询需要过程，第一、二次见面，我们只能是互相了解，建立彼此信任的关系。临走的时候，梓怡拿出钱夹，说我要送您一件礼物。我说，你已经按照规定交纳了费用，我不能再接受你的礼物。她微笑着说，这不是一件平常的礼物，您一定要收下。说着，她拿出一张相片。这是她本人的艺术照，照片上的梓怡，更是光彩照人。我只有收下，当面拒绝接受一个人的照片，几乎等于宣战。

咨询的频率是每周一次。在其后几天，我常常会看着梓怡的照片愣神。这样姣好的一个女子，居然很可能寂寞老去，问题究竟出在哪里呢？

终于，我找到了一个方向。

梓怡下次来的时候，我说，看来你是很喜欢照相啦？她说，是啊！哪个不喜欢挽留青春呢？我说，如果不保密的话，能不能把你自己的闺房照下来给我看看？特别是墙壁的颜色。她说，这有什么难的！我装修得可精美了，也非常舒适，每个屋子的色彩都不一样。对了，您要这些图片有什么用呢？我开玩笑说，我也要装修房子，猜想你的家一定很有创意，很想学习一下呢。几天后，梓怡用电子邮件把她家的图片发来了。看得出来，她很细心，把边边角角都照了下来——的确是匠心独运，有很多机灵的小点子。其实，我是醉翁之意不在酒。

再下一次我见到梓怡，我说，那些男士离你而去的时间，让我来猜一猜。梓怡说，好啊，心理学家有的时候也兼算命吗？

我说，这和算命无关，只和我的一个小小推断有关。我猜他们先是和你交往了一段时间，彼此感觉都不错。然后你们约会的场所，就从公园、酒吧、咖啡厅等公共场合，转到了比较私密的空间。

梓怡说，您说的一点儿都不错。我们总不能在凛冽寒风中在街上走来走去吧？他们会邀请我到他们家去，但是在关系没有最后确定下来之前，我不愿早早地就见到他们的亲属，那样留给自己选择的余地就比较狭小了。我希望婚姻这件事的按钮，始终在两个当事人自己的手中，这才有最大的自由。既然他们家不能去，那么到我家就比较合适了。况且，我看到一些教女孩子如何谈恋爱的书籍上写了，约会不要到陌生的地方去，要到自己熟悉的地方。您说，还有什么地方比自己的家更熟悉的呢？在我的家里，我会更安全，也更自在。

我点点头，表示深深的赞同。我说，但是，悲剧接着发生了。当你以为恋爱关系稳步向前推进的时候，男方突然表示撤退了……

梓怡哀戚地说，您如何知道的？正是这样啊……我莫名其妙，不断地追问这到底是为了什么，可他们就是不说，逼急了，就丢出一句：你一定能找到比我更好的人！这叫什么话嘛！推诿逃避，连说一句真话的勇气都没有！梓怡生起气来。

实话实说，梓怡就是在生气的时候，也是楚楚动人的。

我说，我倒是猜出了一点儿苗头。

梓怡很惊讶，说，您认识他们之中的某一个人吗？

我说，不认识。可我这里有照片。

梓怡真是一个对照片很有兴趣的人，她立刻打起精神，凑过来问，谁的照片？

我把洗出来的照片摊在沙发前的茶几上，梓怡只看了一眼，就说，这有什么可看的？这不就是我发给您的我家的照片吗？

我说，对啊。你的家，你自然是最熟悉的。但最熟悉的东西，你却未必最能认清它。你看看这墙壁……

在所有的墙壁上，都镶有梓怡的大幅照片，有娇媚的，有哀怨的，有若有所思的，有充满期盼的……我说在"所有的墙壁上"，并没有夸张，就连卫生间的马桶上方，都有梓怡的靓照在俯视。在这样的地方如厕，闹不好会排泄不净。

梓怡是聪明女子，她若有所思地说，这有什么不对吗？这是我自己的家啊。

我说，对啊，如果这永远只是你一个人居住和观赏，也许问题并不很大。但是，你让另外一个人走进了你的家门，在这样一个高度自恋的氛围中，那个人很可能感到压抑。这里是你的一统天下，没有他人喘息的空间了……

　　梓怡的故事到此为止，结局大家都可以猜得到。后来，她结婚了，对爱人非常满意。她给我打了一个电话，说，我知道心理医生的规矩是不能和来访者有密切关系的。我如果请您来参加婚礼，我以后有了什么问题，就不好再求您帮助了。所以，为了我以后还能在为难的时候找到您，我就只打了这个电话告诉您我的婚讯。

　　我说，好啊，祝福你。

　　直到现在，我再也没有接到梓怡的求助。想来，她一切都还好吧。

　　如果你有很多美丽的照片，请不要把自己的家变成展示这些照片的博物馆。那无意中将是一种排斥他人、唯我独尊的信号，说明你的世界里充满了你，让人却步。高傲自恋的女人，在让人欣赏的同时，会让人远离。男人和女人都对高度自我的人，敬而远之。

○ 男女眼中的
玫瑰花

Wan
An

　　通常有恋爱中的男生说，不明白为什么女朋友为了一句话或是一件小事，就吵吵嚷嚷地要分手，或是采取冷战策略，来个不理不睬。

　　有一次，我在心理诊所接待了一个因为失恋而抓耳挠腮的青年男子，名叫小耕。小耕开门见山地说，我到您这里来，不是为了解决自己的心理问题，只是想请教一下，我采取什么方法才能让女生回心转意。或者说，我不想和您说我自己心里想的是什么，因为我是怎么想的并不重要，重要的是她心里想的是什么。如果您也不知道，您就要帮我猜一猜，她的心思到底是什么。

　　我看小耕气急败坏、语无伦次的样子，说，她是谁？

小耕说，咱们就叫她乔玉吧。

我说，小耕，你先不要急，把情况慢慢说清楚。

小耕和乔玉是一对恋人。在情人节前很久，小耕就答应那一天会给乔玉一个惊喜。乔玉向往地说，你会给我九十九朵玫瑰吗？送到我们公司来，让我也享受一次众人瞩目的光彩！还没等到小耕回答，乔玉又改变主意了，说，算了，我不要那么多了。九十九朵玫瑰太奢华了，只要九朵就好了，不过，一定要包装得特别漂亮啊！小耕满口答应，他虽然出身农村，但现在是一家很大的公司的主管，收入相当不错。

小耕工作很忙，之前没有预订玫瑰。到了2月14日那天，没想到玫瑰花价格疯涨。小耕觉得不值，就没有买。到了傍晚，花房快打烊的时候他才去买的。他心想反正也是烛光下的晚宴，花只要是红的，包在朦胧闪光的花纸中，看起来都是一样的。他们已经到了谈婚论嫁的节骨眼，他想把每一分钱都节省下来，花在刀刃上，何必被华而不实的花贩子宰呢！

焦急地等了一天的乔玉，终于等来了九朵打蔫的玫瑰花。她火眼金睛，一下就看出小耕买的是处理玫瑰。她还算顾大局，当着众人什么也没说。一出了众人的视线，乔玉立刻把花儿扔到了地上，大发脾气，踩着花瓣说自己望眼欲穿等来的却是这种货色。那么，在小耕眼中，自己肯定也是处理品，他们的爱情也是处理品，都不配享用上等的玫瑰。她说他这样吝啬，以后的日子肯定没法过了。

小耕无限委屈地说——我无论如何都想不通，那么多山盟海誓，就抵不过玫瑰有点枯萎的花瓣吗？况且，一般人根本看不出来，她却要这样无限上纲上线。我也非常伤心，也很生气，心想罢了，像这样小心眼、爱计较的女生，不要了也罢！但这几天我思来想去，觉得她真是做妻子的最佳人选，很想挽回。我的初步打算是：找海南岛的一家五星级酒店，订下面朝大海的总统客房，让那边把房间钥匙先送过来。然后我在这边订下两张机票。当这些步骤都完成以后，我就用快递把房间钥匙和机票一起送到她的公司，以表达我对她的真情实意。您看怎么样呢？

这表面上是一个问句，但小耕渴望听到赞同回答的表情太明显了，眼巴巴地看着我。实在不忍心给他泼冷水，可正因为出于爱护，我才要讲实话。

我尽量把语速变慢，让他能有个思想准备。我说，请原谅我，我觉得你这个方案不怎么样。

他恼火起来，说，你们女人怎么和我们男人想的就是不一样！

我不计较他的态度，说，首先，一朵玫瑰花，在你的字典里代表着什么？

小耕想也没想就回答说，玫瑰就是玫瑰，一朵花而已。现在的小女生赋予了玫瑰那么多浪漫和想象，其实都是瞎掰。花就是花，无知无觉，开上一两天就谢了。什么九十九朵玫瑰代表爱情天长地久，全是商家编出来骗人的鬼话。谁上当谁是傻瓜！

我说，我能理解你对玫瑰花的定义。说实话，我很有些赞成你的意见呢。花就是花，很简单。

小耕得到了支持，情绪缓和下来，说，务实的人，都持这种看法。

我说，你的女朋友是怎样看待玫瑰花的？

他说，我知道，在这以前，乔玉说过很多次了。她说，玫瑰花代表着爱情的信物，一个女孩子，要是在谈恋爱的时候都没有得到过满捧满怀的芬芳玫瑰，就是枉做了一世女子。

我说，你不是说乔玉是做妻子的上好人选吗？如果她天天要你送玫瑰，我看也很靡费呢。

小耕听了老大不乐意，突然与我反目为仇，说，不允许你这样讲乔玉。她其实是很会过日子的女孩子，只不过要在恋爱的时候耍点情趣。

这结果，正中我意。我说，对啊。玫瑰花在你的字典里和在她的字典里，是完全不同的含义。玫瑰花盛开在不同的字典里。你觉得那只是一朵普通的花，她却把自己的理想和价值都寄托在里面了。

我说，女子喜爱花，其实历史悠久。远古时代，人们逐水草而居，靠天吃饭，生活很没有保障。如果在住所附近看到了花，就等于看到了希望。因为花谢了以后，就会有果实慢慢膨大起来，再等一些时候，就到了收获的时节。所以，在女人的记忆深处，对花的喜爱，是一种安全和务实的需要。只不过由于时过境迁，大家已经忘记这其中的传承，只记得看到花时那种单纯的欢喜。一般的花，如果美丽，就没有香味；如果有醉人的香气，花瓣就微小暗淡，两者都占全的很少。这也是来自植物的本能，它们要吸引昆虫，要借助风势，才能传播自己的花粉，繁殖后代，通常只要一种手段就够了，花儿们也就懒得又美丽又芬芳。玫瑰是一个例外，它美艳馥郁，于是被人们挑选来做了爱情的使者。

人的生活中，需要偶尔的浪漫和奢侈，这也是生命因此有趣和值得眷恋的理由。我觉得，爱情中的人们有资格稍微浪费一点儿，因为这种时刻毕竟不多啊。

小耕想了想说，我明白了，原来她在玫瑰上寄托了自己的尊严，我买了处理的凋零玫瑰，她就觉得我刺伤了她的尊严。可是，我不是决定改正了吗？我订了豪华客房，表示我不是一个小气鬼。我用特快专递的钥匙和双人机票表示歉意，用实际行动来响应她的浪漫主张，这不就挽回了吗？

我直截了当地回答他，此招恐怕不甚可行。理由是：乔玉觉得在玫瑰花上丧失的是尊严，已经表示和你绝交。现在还没有达成谅解，你就直接寄双人机票给她，这又一次说明你没有尊重她的选择。所以，别看你花了那么多钱，很可能适得其反呢！再有，你说她是个会过日子并不奢靡的女孩，你租了总统客房，以为能讨得她的欢心，这样她就会认为你断定她是个奢华虚荣的女子，我想她也不会乐意。所以，这很可能是一个事倍功半的馊主意。

听我这样一说，小耕有点急了，说这也不行，那也不成，我可怎么办呢？

我说，小耕，你不要着急。办法就在你手里，不妨再想想看。我就不相信，恋爱中的人还能想不出和解的法子？你一再说她是个通情达理的女孩，那么，这件事还是有希望的。

小耕想了半天，说，我要郑重地向她道歉，说我从今以后会非常尊重她的意见和想法。如果是我承诺的事，就一定做到。如果我有另外的建议，就一定当面向她提出，再不会先斩后奏、一意孤行。

我说，试试吧。预祝你好运气！

小耕走了。

其后的某一天，我收到了速递来的一袋喜糖，喜袋上用透明胶纸粘了一朵粉红色的玫瑰花。我想，这就是故事的结局了吧。

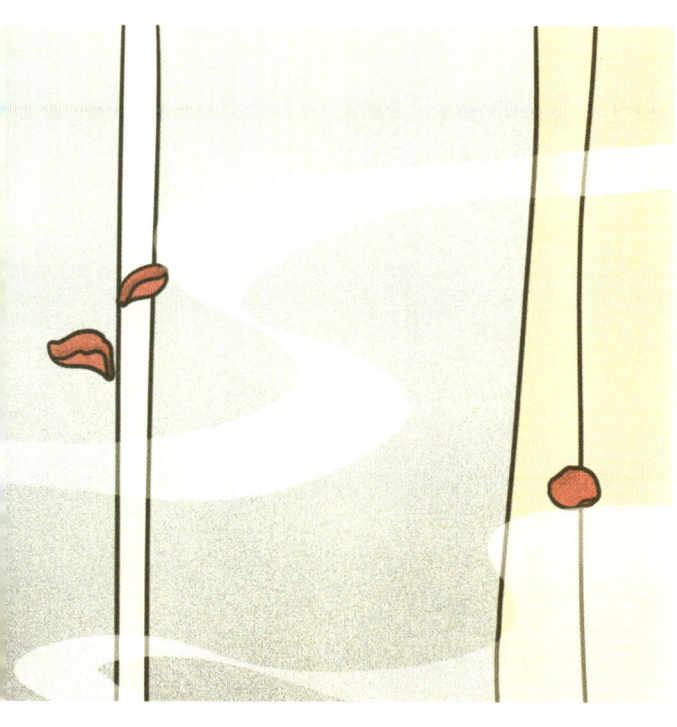

其后的某一天，我收到了速递来的一袋喜糖，喜袋上用透明胶纸粘了一朵粉红色的玫瑰花。

我想，这就是故事的结局了吧。

○爱情没有
快译通

　　我和朋友做过一个游戏，很有趣。

　　你说你也想做。好啊，我希望大家都有机会参与，别看我们都已是成人，其实每个人心底都埋着一颗喜爱玩耍的种子。我先来讲　讲规则。所有的游戏都是有规则的，要想玩得好，就得守纪律，要不就乱了套了。

　　那规则就是——找一张白纸，写上你的一种常常出现的情绪，比如说——愤怒、怀念、孤独、忧郁，等等。哦，看到这里，你可能要说，都是让人懊丧的情绪啊？正面的可不可以写呢？当然可以啦，比方高兴、喜悦、慈爱、关切，等等，都行。

　　好了，现在你已写好了自己的想法。把那张藏着你的秘密的字条对折，然后让它安安稳稳地平躺在桌上，一副大智若愚的模样，暂时谁也不让看。

此刻它就像一个沉睡的蚕宝宝，一动不动地眠着，只有到了揭开谜底的时分，才带着长长的思绪，飞出美丽的白蛾。

然后你找一个人，最好是对你比较了解，你把他当知心朋友的人。你对他或她说，此刻，我正被一种情绪缠绕着，满心念的都是它。现在，你猜猜看，那是一种什么思绪？

他或她肯定会说，我又不是你肚子里的虫，我怎么会知道？

你说，别急啊，我会给你线索。这就是我的表情。平日当我被这种情绪笼罩的时候，我就作出这副模样，你猜猜看。

说完以上的话以后，你就坐到他对面（为了叙述方便，我就不论男女，都用"他"字了）。最好找一个光线明媚的地方，让你的一颦一笑，都让他尽收眼底。好啦，现在你心里默念着刚才写在纸上的字，脸上做出你沉浸在这种思绪中时对应的表情，也可以辅助身体的语言。比如你平日愁苦的时候，蛾眉紧锁，杏眼低垂，再加上挂着腮帮子，耷拉着头……总之，不要刻意表演，越自然，越像生活中真实的你，越好。

你保持如此的表情和姿势一分钟后，就可以恢复常态了。然后让你的朋友说出，刚才你在想什么。

他或许会沉默，会思索，会疑惑……注意啊，你一定要有足够的耐心，并且有克制力，不可提示，不可启发，不可诱导，否则咱们就前功尽弃啦。

依我和朋友玩过多次的经验，此时绝大多数的人会沉思良久，好像他们面对的不是一个朝夕相处、耳濡目染的大活人，而是恐龙什么的，久久地不吭声，最后在大家都等得不耐烦的时候，才迟迟疑疑地吐出一个词，比如"苦闷……孤单……"等等，然后忙不迭地打开桌上的字条。一看之下，半晌不语，那答案和猜测往往风马牛不相及。

比如一个美丽的女孩子，做出眺望远方的模样。她的男友猜测——你是在想家！想父母！她呸了一声说，糊涂虫，我是在想你！男友说，我不就在你身边吗？当你出现这种神态的时候，我总是吓得屏气息声，不敢打破沉默。我不知道自己哪点没有做好，惹得你不满意，你才如此凄楚地思念他人……女孩子说，你怎么会这么笨呢？你既然爱我，就该懂得我的心。男孩子说，爱，只能解决一部分问题，并不能解决所有的问题。该说的你还得说出来，沉默不是金，是土是空气。女孩子说，我像革命先烈一样，我就是不说。我非要你猜。猜得出来我就嫁你，猜不出来，我就离开你……男孩子就愁眉苦脸地说，如果今后的几十年，天天都在灯谜和哑语中生活，累不累啊？

另一个男子汉眼睛特别大。他做出第一个表情的时候，看着那铜铃一般圆睁的双眸，大家异口同声地说，哦，你在愤怒！

他一脸失望地说，才不是呢。好了，这个不算，我再做一次。他做出的第二个表情，又是如法炮制，瞪起双眼。大家稍微犹豫了一下，还是口径一致地说，你在发火！

他不甘心，又来了第三次。这一次的结果就更令人惆怅了。大家没精打采地说，你换个新内容让我们也好抖擞精神，干吗又做出打架的样子？

男子汉后来沮丧地告知我们：他的字条上，第一次写下的是"幸福"，第二次写下的是"喜爱"，第三次写下的是——"慈祥"！

你肯定要说，差得这般十万八千里，我才不信呢！你一定是没选好对象，或者是围观的人太弱智，才如此指鹿为马。

我一点儿也不生气你的这种指责，我很希望你能亲自试一试。找自己最亲爱的人，最好。假如能百发百中地猜对，那真是人间少有的幸福伴侣。

我耐心地等待着你的试验……怎么样？做完了吧？你不仅仅做了一次，而是做了许多次。桌上的字条叠起又打开，打开又写下，好像一只只归巢后又驱赶而出的信鸽。你很希望能打破我的预言。但你做完后，为什么长久地沉默不语，还透出淡淡的忧伤？你的手指把字条扯成一缕缕，任它飘荡，好似破碎的思绪。

是的，真正的现实就是这般冷静而无商榷。最厚重的隔膜，就在咫尺之遥。在你以为肌肤相亲的帷幔当中，横亘着无法穿越的海峡。

　　科学技术是越来越发达了，但迄今没有一种仪器可以测量出人类的情感进行状态，可以预计出人的情绪指数。当我们能够探知遥远星球的一次轻微地震的时候，我们不知道自己的同床伴侣是否辗转反侧。爱情没有快译通，心灵的交流如此细腻朦胧。当我们以为自己洞察他人心扉的时候，其实往往是隔靴搔痒、南辕北辙。

　　不要怨天尤人，不要动不动就上纲到爱与不爱。爱不是万能钥匙，爱不能在每一个瞬间都摧枯拉朽。爱无法破译人间所有的符码，爱纵是金属，也会有局限和疲劳。增进了解可以加固爱，误会错怪可以动摇爱，这是我们每个人都曾有过的体验。

　　隔膜往往是双层的。当我们无法正确地表达的时候，我们首先就失却了被人悟知的前提。所以训练我们明快、简捷、准确、平和地表达的能力，是人生的重要课题。不要以为说出自己的心思是一件很简单的事情，在很多的时候，我们先是不敢说，继之是不肯说，然后是不屑说，最后就成了不会说。尤其是当我们软弱的时候，我们没有勇气说；当我们悲哀的时候，我们被文化的传统训导为不可说，说了就显懦弱，说了就是渺小；当我们痛苦的时候，我们以为不当说，说了就遭人耻笑；当我们孤独的时候，我们想不起说。

　　其实，一个人的坚强与否，不在于他是否说出自己的苦难，而在于他如何战胜自己的苦难。说的本身，也是一种描述和正视，当我们能够直视那些令人痛楚的症结的时候，力量也就随之产生了。

既不夸大也不缩小，既不言过其实，也不矫饰虚掩，直面惨淡的人生，逼视淋漓的鲜血，该是人生勇敢和智慧的大境界。

其次我们要会听。有人说，听谁还不会啊，是个人都带着自己的耳朵，想不听还办不到呢！

了解和交流，在于两颗心的同一律动，在于你深深地明了对方向你描述的那一切。从这个意义上说来，"会听"，也许是人生另一番需要修炼的深远功夫。坦诚说出自己的感受，即便艰难，好歹还有自我的内心世界可以参照，只需勇气和描述的技术，基本就可完成。但听的功力，除了有一双好耳朵，还需有一颗擦拭干净不畸形不变异的心。如果自心是哈哈镜，把人家的话听得变了形，那责任就不在说者，而在听者。

会听的心，要有大的空间，除了容纳自身，还能接纳他人。会听的心，要有对人的真诚，因为听的那一刻，你将把心灵至尊的位置，让给你的朋友。会听的心，是柔软和温暖的，让人感到融融的温馨。会听的心，是坚强的，因为它有自己顽强的意志，不会在袭来的痛苦之中摇摆淹没……

有一种可以救命的外科手术，叫"心脏搭桥"，说的是在堵塞了血管的心脏上，再造一条新的流畅的脉路，让新鲜的充足的血液，流入衰弱的心脏。我很喜欢这个手术的名称，借来一用。我们除了在自己的心脏上搭桥，也需在不同的心脏之间搭桥，以传达我们彼此间的感觉和友谊。

○提醒

幸福

Wan
An

　　我们从小就习惯了在提醒中过日子。天气刚有一丝风吹草动，妈妈就说，别忘了多穿衣服。才相识了一个朋友，爸爸就说，小心他是个骗子。你取得了一点儿成功，还没容得乐出声来，所有关切着你的人一起说，别骄傲！你沉浸在欢快中的时候，自己不停地对自己说：千万不可太高兴，苦难也许马上就要降临……

　　我们已经习惯于提醒，提醒的后缀词总是灾祸。灾祸似乎成了提醒的专利，把提醒也染得充满了淡淡的贬义。

　　我们已经习惯了在提醒中过日子。看得见的恐惧和看不见的恐惧始终像乌鸦般盘旋在头顶。

在皓月当空的良宵，提醒会走出来对你说：注意风暴。于是我们忽略了皎洁的月光，急急忙忙做好风暴来临的一切准备。当我们睁大着眼睛枕戈待旦之时，风暴却像迟归的羊群，不知在哪里徘徊。当我们实在忍受不了等待灾难的煎熬时，我们甚至会恶意地祈盼风暴早些到来。

在许多夜晚，风暴始终没有降临。我们辜负了冰冷如银的月光。

风暴终于姗姗地来了。我们怅然发现，所做的准备多半是没有用的。事先能够抵御的风险毕竟有限，世上无法预计的灾难却是无限的。战胜灾难靠的更多的是临门一脚，先前的惴惴不安帮不上忙。

当风暴的尾巴终于远去，我们守住零乱的家园，气还没有喘匀，新的提醒又智慧地响起来，我们又开始对未来充满恐惧的期待。

人生总是有灾难。其实大多数人早已练就了对灾难的从容，我们只是还没有学会灾难间隙的快活。我们太多注重了自己警觉苦难，我们太忽视提醒幸福。

请从此注意幸福！

幸福也需要提醒吗？

提醒注意跌倒……提醒注意路滑……提醒受骗上当……提醒宠辱不惊……

先哲们提醒了我们一万零一次，却不提醒我们幸福。

也许他们认为幸福不提醒也跑不了；也许他们以为好的东西你自会珍惜，犯不上谆谆告诫；也许他们太崇尚血与火，觉得幸福无足挂齿。他们总是站在危崖上，指点我们逃离未来的苦难。

但避去苦难之后的时间是什么？

那就是幸福啊！

享受幸福是需要学习的，当幸福即将来临的时候需要提醒。人可以自然而然地学会感官的享乐，却无法天生地掌握幸福的韵律。灵魂的快意同器官的舒适像一对孪生兄弟，时而相傍相依，时而南辕北辙。

幸福是一种心灵的震颤。它像会倾听音乐的耳朵一样，需要不断地训练。

简言之，幸福就是没有痛苦的时刻。它出现的频率并不像我们想象的那样少。人们常常只是在幸福的金马车已经驶过去很远之后，捡起地上的金鬃毛说，原来我见过它。

人们喜爱回味幸福的标本，却忽略幸福披着露水散发清香的时刻。那时候我们往往步履匆匆，瞻前顾后不知在忙着什么。

世上有预报台风的，有预报蝗虫的，有预报瘟疫的，有预报地震的，但是没有人预报幸福。

其实幸福和世界万物一样，有它的征兆。

幸福常常是朦胧的，很有节制地向我们喷洒甘霖。你不要总希冀轰轰烈烈的幸福，它多半只是悄悄地扑面而来。你也不要企图把水龙头拧得更大，使幸福很快地流失，而需静静地以平和之心，体验幸福的真谛。

幸福绝大多数是朴素的。它不会像信号弹似的，在很高的天际闪烁红色的光芒。它披着本色的外衣，亲切温暖地包裹起我们。

幸福不喜欢喧嚣浮华，常常在暗淡中降临。贫困中相濡以沫的一块糕饼，患难中心心相印的一个眼神，父亲一次粗糙的抚摸，女友一张温馨的字条……这都是千金难买的幸福啊。像一粒粒缀在旧绸子上的红宝石，在凄凉中越发熠熠夺目。

幸福有时会同我们开一个玩笑，乔装打扮而来。机遇、友情、成功、团圆……它们都酷似幸福，但它们并不等同于幸福。幸福会借了它们的衣裙，袅袅婷婷而来，走得近了，揭去帷幔，才发觉它有钢铁般的内核。幸福有时会很短暂，不像苦难似的笼罩天空。如果把人生的苦难和幸福分置天平两端，苦难体积庞大，幸福可能只是一块小小的矿石。但指针一定要向幸福这一侧倾斜，因为它有生命的黄金。

幸福有梯形的切面，它可以扩大也可以缩小，就看你是否珍惜。

我们要提高对于幸福的警惕，当它到来的时刻，激情地享受每一分钟。据科学家研究，有意注意的结果比无意要好得多。

春天的时候，我们要对自己说，这是春天啦！心里就会泛起茸茸的绿意。

幸福的时候，我们要对自己说，请记住这一刻！幸福就会长久地伴随我们。

那我们岂不是拥有了更多的幸福！

所以，丰收的季节，先不要去想可能的灾年，我们还有漫长的冬季来得及考虑这件事。我们要和朋友们跳舞唱歌，渲染喜悦。既然种子已经回报了汗水，我们就有权沉浸幸福。不要管以后的风霜雨雪，让我们先把麦子磨成面粉，烘一个香喷喷的面包。

所以，当我们从天涯海角相聚到一起的时候，请不要踌躇片刻后的别离。在今后漫长的岁月里，有无数孤寂的夜晚可以独自品尝愁绪。现在的每一分钟，都让它像纯净的酒精，燃烧成幸福的淡蓝色火焰，不留一丝渣滓。让我们一起举杯，说：我们幸福。

所以，当我们守候在年迈的父母膝下时，哪怕他们鬓发苍苍，哪怕他们垂垂老矣，你都要有勇气对自己说，我很幸福。因为天地无常，总有一天你会失去他们，会无限追悔此刻的时光。

幸福并不与财富、地位、声望、婚姻同步，这只是你心灵的感觉。

所以，当我们一无所有的时候，我们也能够说：我很幸福。

因为我们还有健康的身体。当我们不再享有健康的时候，那些最勇敢的人可以依然微笑着说：我很幸福。因为我还有一颗健康的心。甚至当我们连心都不再存在的时候，那些人类最优秀的分子仍旧可以对宇宙大声说：我很幸福。因为我曾经生活过。

常常提醒自己注意幸福，就像在寒冷的日子里经常看看太阳，心就不知不觉暖洋洋、亮光光。

○晚饭后，

谁来洗碗

Wan
An

古时的民谚和今时的营养学家都教诲我们"晚吃少"，但对于忙碌的普通人来说，晚饭总是一天中最隆重的家庭盛宴。

于是，有了"晚饭后，谁来洗碗"的问题。

如果奢华到可以去饭馆里吃，自然是服务员来洗。如果雇了保姆或小时工，就是打工者洗。如果家中有任劳任怨的前辈，就是老人来洗。如果要锻炼娇生惯养的子女，就是孩子来洗……当然还有种种的特殊情况，都不在本文范围了。这里讨论的对象，特指夫妻双双上班、收入平平、买不起洗碗机的工薪族，也就是说，将它局限在最普通的饮食男女之间。

洗碗之所以是一个问题，因为每一个家庭不可以须臾离开它。听过一对新婚夫妇大打出手的传闻，起因就是谁都不愿意洗碗，便每顿饭启用新碗。好在是新人，亲朋志喜的礼物里有大量碗盆。然而坐吃山空，当最后一个碗也干涸了汤汁之后，男方指责女方不尽妇道，女方说："碗又不是我一个人消耗的，凭什么非要我来洗？"争论的结果是从文斗变成武斗，所有的碗摔碎之后，分道扬镳。

这个故事也许极端了一些，但月光下，没有因为晚饭后洗碗问题有过龃龉的家庭，大约不多。

认识一位男劳模的妻子，负担了绝大多数的家务，真是高风亮节，但是她拒绝洗碗。客人到她家，看到窗明几净，唯有厨房里堆积着成山的脏碗。大家说："你既然把别的事情都做了，何苦和这几个碗过不去呢？一捋袖子几分钟不就干完了吗？"女人说："我什么都干了，他单刷个碗还不应该吗？要是连碗都不洗，这个家还有公平没有？"

家庭内部，洗碗有象征意义。它不单是一个体力劳动的问题，还具有某种价值法则。

晚饭后，谁洗碗？我不是权威的统计部门，采取的是很局限、很笨拙的口头调查。问了十个家庭，结果有八位主妇扬眉吐气地告诉我："晚饭后，丈夫在洗碗！"

我相信这个数据的部分可靠性。很多男子汉不无自豪神色地谈到自己"妻管炎"的时候，最充分的一个论据是——我们家的碗都是我洗的！

洗碗于是成了中国城市男人值得夸耀的家务政绩，成了中国女人"翻身得解放"的铁案。

沾满油污的碗，真就承载了那么强大的心理价值吗？许多年前的大家庭，洗碗也许是很繁重的劳动，要到井旁打水，要用碱去油污，打碎了碗要受到长辈的斥责……但在如今的城市里，工序已被大大简化。水是自来水，油腻由"洗涤灵"对付，抹布由"百洁丝"代替……一个三口之家的锅碗瓢盆，假如是手脚比较利索的人勤勉操作，一定可以在十分钟内结束战斗。洗碗只是诸多家务劳动中的一项，虽然比较烦琐。它现在被女人得意地提到如此高的地位，或者说是被男人有意贬到一个下贱的地位，是否为了掩盖一个最基本的事实——家庭中谁负担了更多的劳动？

例如，晚饭是谁做的呢？只要不是让家人吃方便面，一顿粗具规模的晚饭，从自由市场的采买，到热气腾腾地端上餐桌，必定比洗碗要耗费数倍的时间和体力。在我上述调查的十个家庭中，都是女人做饭。我们甚至可以说，洗碗的男人绝大多数是不做饭的。因为不做饭，他的愧疚、补偿、感激、将功折罪，就表现为洗碗的行动。

洗碗在家庭中的惩罚意味是不言而喻的。

"因为你没做饭，所以你得洗碗。"女人说。

因为男人洗了碗，洗碗又是一种卑下的劳动，所以男女找到了一个对等的支点，于是心理平衡。

但劳动没有高低贵贱之分，洗碗和做饭的劳动量和它们的技术含量并不相等。人为地将某一种劳动打上耻辱或者高尚的印记，给予劳动本身一种原本不属于它的附加值，有意无意中为一个深藏不露的目的服务——用较少的劳动与较多的劳动平衡。这种平衡不单是体力时间，而且是心理、道义、舆论。换句话说，是用一种虚幻空洞的口头价值，弥补劳动上实实在在的赤字。

洗碗的男人自我夸耀，几乎成了一种社会习尚。也许是善意吧，但我以为，本质上是洗碗者不自觉的自我辩护，是为了使自己心安理得特制的盾牌。

男人和女人同样奔波，同样辛苦。回到家里，共同承担家务，这其中很难分清谁应该干得更多一些。但洗碗与做饭就像散步与疾跑，它们的劳动量显然是不相等的。一定要说它们相等，或者用种种调侃和误导，让它们之间的天平指针保持平衡，假如不是糊涂，就有些像瞒天过海的小商贩，成心要缺斤短两。

晚饭后洗碗的那个人，是很辛苦的，无论是男人还是女人。

但洗碗只是所有家务当中的一部分，一只碗无法抵挡琐碎、细致、辛苦的其他劳动。夸大一点不及其余，便弥漫着别有用心的味道了。

○家中的

气节

　　我想说，家中无气节。这话，肯定不堪一击。中国人饿死事小，失节事大，哪里敢辱没气节的丰姿呢？但我指的只是家中的琐碎，不过借用一下此词的英名。

　　世上举案齐眉的家庭一定是有的，不能以我等瓢勺相碰的日子揣测人家的和睦是否虚伪，但也一定不多，因为矛盾的普遍性制约着我们。

　　大多数家庭都时常爆发争执，像界碑不清的小国边境冲突不断。要是演变成正式宣战，干脆离婚了，则不在讨论范畴之内。那些历经苦恋苦爱而今又处在争执不断的冷战状态的家庭，似有讨论气节的余地。

有多少原则问题呢？真正的国计民生，大概并不构成分歧的核心。甚至对家庭的大政方针，比如孩子要上大学，父母要延年益寿，工作要努力，住房要增加……双方也是高度和谐统一的。问题往往出在一些很小的分工或是态度的优劣上，比如你是做饭还是洗衣，你为什么不和颜悦色而是颐指气使……有时，简直就不知是为了什么，双方把外界的怒气直接打包带回家，单刀直入地进入了对峙阶段，除了不扔原子弹，家庭阴冷的气氛同大战无异。

为了对付这种莫名其妙的僵持，时新杂志上登出了许多驭夫或是驭妻的"诀窍"，教你如何化干戈为玉帛。这些供人莞尔一笑的小诀窍，不知灵不灵。我看这其中的死结就是如何对待家中的气节。

家是什么呢？是一对男女的永不毕业的大学，是适宜孩子居住的圣殿；是灵魂的广阔海滩，是精神的太阳浴场。我们在尘世奔波中的种种面膜，需在家中清理。人们以为家中的人多么温柔和蔼，真是错了。在涡轮般旋转的今天，家居的人也许比街市的人更脆弱，更敏感，更易冲动。

常常听到因小事争吵的女人说要从此不理丈夫，等他来同我说第一句话。男人就更是不肯低下高昂的头，好像家是宁死不屈的刑场。

冷漠后恢复交谈的第一句话真是那么重要吗，重于我们曾经有过的一生一世的寻找？第二句话真就那么卑下吗，卑下到丧失了品格和尊严？第三句话真就那么平淡了吗，淡忘它如同抛弃我们以前拥有过的万语千言？

什么是家中的气节？既然我们相爱，爱就是我们共同的气节。你的失态，在我看来，是你的思绪溃败了；在这一瞬间，我是你的强者。原谅、宽恕、包容和鼓励，就是家庭永远常青的气节。

有些人以沉默对待冷漠，消极地把缰绳交给时间。时间通常是一个中性的调解员，会使人们渐渐恢复冷静。但孤寂中只顾自家意气的男女不要忘了，时间也会跟我们开居心叵测的玩笑呢。当你缄默着不肯谅解时，家的瓶颈便出现第一道裂纹。继续对抗下去，锤子无聊地敲击着婚姻之瓶，随着时间的叠加，瓶子也许訇然破碎。

太看重一己气节的人，其实是一种枯燥的自卑。你以为在亲人面前挣得了面子，然而失去的却是尊重与宽容。片刻的满足将带来长久的隐患。聪明的男人和女人，千万别因小失大。

分歧时，不必拍案而起；争执起，义正辞可不严；有失误，莫要声色俱厉；灾临头，携手共赴家难。如果一定要有家中气节，我想这几条该在其中。

Wan
An

爱怕什么

爱挺娇气、挺笨、挺糊涂的，有很多怕的东西。

爱怕撒谎。当我们不爱的时候，假装爱，是一件痛苦而倒霉的事情。假如被别人识破，我们就成了虚伪的坏蛋。你骗了别人的钱，可以退赔，你骗了别人的爱，就成了无赦的罪人。假如别人不曾识破，那就更惨。除非你已良心丧尽，否则便要承诺爱的假象，那心灵深处的绞杀，永无宁日。

爱怕沉默。太多的人，以为爱到深处是无言。其实，爱是很难描述的一种情感，需要详尽的表达和传递。爱需要行动，但爱绝不仅仅是行动，或者说语言和温情的流露，也是行动不可或缺的部分。我曾经和朋友们做过一个测验，让一个人心中充满一种独特的感觉，然后用表情和手势做出来，让其他不知底细的人猜测他的内心活动。出谜和解谜的人都欣然答应，自以为百无一失。结果，能正确解码的人少得可怜。当你自觉满脸爱意的时候，他人误读的结论千奇百怪，比如认为那是矜持、发呆、忧郁……

一位妈妈，胸有成竹地低下头，做出一个表情。我和另外一位女士愣愣地看着她，相互对视了一下，异口同声地说：你要自杀！她愤怒地瞪着我们说：岂有此理！你们怎么那么笨？我此刻心头正充盈温情！愚笨的我俩挺惭愧的，但没等我们道歉的话出口，那妈妈恍然大悟道：原来是这样！怪不得我每次这样看着儿子的时候，他会不安地问：妈妈，我又做错了什么？你又在发什么愁？

爱是那样地需要表达，就像消耗太快的电器，每日都得充电。重复而新鲜地描述爱意吧，它是一种勇敢和智慧的艺术。

爱怕犹豫。爱是羞怯和机灵的，一不留神它就吃了鱼饵闪去。爱的初起往往是柔弱无骨的碰撞和翩若惊鸿的引力。在爱的极早期，就敏锐地识别自己的真爱，是一种能力，更是一种果敢。爱一桩事业，就奋不顾身地投入。爱一个人，就斩钉截铁地追求。爱一个民族，就挫骨扬灰地献身。爱一种信仰，就至死不悔。

爱怕模棱两可。要么爱这一个，要么爱那一个，遵循一种

"全或无"的铁则。爱，就铺天盖地，不遗下一个角落。不爱就抽刀断水，金盆洗手。迟疑延宕是对他人和自己的不负责任。

爱怕沙上建塔。那样的爱，无论多么玲珑剔透，潮起潮落，遗下的只是无珠的蚌壳和断根的水草。

爱怕无源之水。沙漠里的河啊，即使不是海市蜃楼，波光粼粼又能坚持几天？当沙漠袭来的时候，最先干涸的正是泪水集聚的咸水湖。

爱怕假冒伪劣。真的爱也许不那么外表光滑、色彩艳丽，没有精致的包装，没有夸口的广告，但是它有内在的质量保证。真爱并非不会发生短路和损伤，但是它有保修单，那是两颗心的承诺，写在天地间。

爱是一个有机整体，怕分割。好似钢化玻璃，据说坦克压上也不会碎，可惜它的弱点是宁折不弯，脆不可裁，一旦破碎，就裂成了无数蚕豆大的渣滓，流淌一地，闪着凄楚的冷光，再也无法复原。

爱的脚力不健，怕远。距离会漂淡彼此相思的颜色，假如有可能，就靠得近一点儿，再近一点儿，直到水乳交融亲密无间。万万不要人为地以分离考验它的强度，那样你也许后悔莫及。尽量地创造并肩携手、天人合一的时光。

爱像仙人掌类的花朵，怕转瞬即逝。爱可以不朝朝暮暮，爱可以不卿卿我我，但爱要铁杵磨针，恒远久长。

爱怕平分秋色。在爱的钢丝上不能学高空王子，不宜做危险动作。即使你摇摇晃晃，一时不曾跌落，也是偶然性在救你，任何一阵旋风，都可能使你飘然坠毁。最明智最保险的是赶快从高空回到平地，在泥土上留下深深脚印。

爱怕刻意求工。爱可以披头散发，爱可以荆钗布裙，爱可以粗茶淡饭，爱可以风餐露宿。只要一腔真爱，爱就有了依傍。

爱的时候，眼珠近视散光，只爱看江山如画；耳是聋的，只爱听莺歌燕舞。爱让人片面，爱让人轻信。爱让人智商下降，爱让人一厢情愿。爱最怕的，是腐败。爱需要天天注入激情的活力，但又如深潭，波澜不惊。

说了爱的这许多毛病，爱岂不一无是处？

爱是世上最坚固的记忆金属，高温下不熔化，冰冻不脆裂。造一艘爱的航天飞机，你就可以驾驶着它，遨游九天。

爱是比天空和海洋更博大的宇宙，在那个独特的穹隆中，有着亿万颗爱的星斗闪烁光芒。一粒小行星划下，就是爱的雨丝，缀起满天清光。

爱是神奇的化学试剂，能让苦难变得香甜，能让一分钟驻留成永远，能让平凡的容颜貌若天仙，能让喃喃细语压过雷鸣电闪。

爱是孕育万物的草原。在这里，能生长出能力、勇气、智慧、才干、友谊、关怀……所有人间的美德和属于大自然的美丽天分，爱都会赠予你。

　　在生和死之间，是孤独的人生旅程。保有一份真爱，就是照耀人生得以温暖的灯。

○幸福的
尺度

　　尺度表面上看，很好理解，就是说，物体在不发生质的变化的前提下，可以有一点儿变动的范围，但是，不能过量。比如热水在99摄氏度之下，看起来都差不多，就算有点小气泡泛起，也无伤大雅。一旦突破这个界限，抵达100摄氏度，那么，水在刹那间变了模样，沸腾嚣张，白雾滚滚……

　　现实生活中，尺度和我们如影随形，你无法逃脱它的手心。你的身高，你的脚长，你的血压，你的收入，你走过的路程……尺度无所不在。

　　有次我在某地授课，谈的是幸福问题。一位女听众举手发问，她侃侃而谈自己工作顺遂家庭和睦，儿女双全父母健在……我听了半天，不知道她的问题是什么。

听众们渐渐骚动起来，估计他们也和我一样，摸不着头脑。我抓个缝隙插进去说，不好意思打断一下您，这是现场提问时段，您发言到现在，我还不知道您有什么问题。

我的问题……是……她一下子愣了，支吾着。

听众们不耐烦起来，有人示意我别再耽误时间。我耐心地等待，女子终于想起说："我已非常幸福了，但还想要更多的幸福。您说，我该怎样办？"

场上有嘘声响起。大多数人都认为自己不够幸福，您高调炫耀了自己的幸福，让有些人刺痛。你还想要更多的幸福，这不是"渔夫和金鱼"里面的老太婆吗？

我说，您只需要做一件事情。一个幸福女人，接下来要做的事就是感恩和知足。

幸福并非无边无际，也是有尺度的。对地球上的人们来说，最大的尺度，莫过于宇宙。就是说，幸福不单有三维空间，还要有四维空间，那就是时间。

那么，在广阔的地域中，在无垠的时间里，该如何看待幸福？眼前感知的幸福瞬间，是否可以永恒？

你今天幸福，但你并不能保证明天幸福。从这个意义上讲，那个沉浸在幸福中的女子有所担忧，也可理解。不过，尺度有则。面对幸福，你不可以贪婪，因为幸福本身就是有节制的。你不可以炫耀，因为幸福本身是朴素和宁静的。你不可以一厢情愿地认定这是自己命好，因为从宏观讲，有巨大的力量凌驾于我们卑微的生命之上。你不可僭越，将那功劳仅仅归于自己。不能忘了自我的幸福是许许多多人和机缘襄助的善果。大自然和历史给予的教诲，千万要牢记。

幸福不是蜂蜜、糖和所有甘甜物质的混合体，它的尺寸始终在我们内心的神圣之处。那就是对自己生命状态的全然把握，知道自己在做什么，而这个方式又是给自己带来快乐，并对他人有所裨益。

幸福哪怕再细微，也顽强地存在。

○可否让我
陪你哭泣

　　哭泣是一种本能，古代人却害怕它。因为哭泣代表着一种极端状况的发生，人们本能地回避。

　　我说过，自己在妇产科工作时，经手接生过很多小婴儿。假如是顺产的孩子，他们降生后的第一反应就是号啕大哭。其实，这种音响的本质不应该被称为"哭"，他们从温暖的子宫降生到外界，感受到了寒冷，再加上压力骤然解除，肺部扩张，强力地吸入空气，就发出了人们称为哭喊的声音。实话实说，这种啼哭，并不哀伤，只是一种体操。

　　我觉得真正区分哭泣的哀伤程度的，是眼泪。

　　其实哭泣是可以分成两种的，流泪的和不流泪的。没有眼泪的哭泣，更多的是压抑。只有那种泪流汹涌、滴泪沾襟的哭泣，才有更大的宣泄和排解压力的作用。

洋葱也会让我们流泪，只不过洋葱泪只是一些简单的水分。而人们因为悲伤流出的泪，含有大量的激素和荷尔蒙。

悲伤或愤怒的眼泪包含着脑啡肽，是大脑缓解疼痛的溶解剂。哭泣触动了分泌与释放荷尔蒙的化学物质，排出了造成压力的荷尔蒙。这是一种宝贵的外分泌过程。我们要找回哭泣的能量，好好利用这个武器。眼泪能排毒啊。

聆听别人的痛楚，常常让我们觉得难以忍受。

有一阵子，我的诊所里接二连三地来了一些丧失亲人、需做悲伤治疗的人。他们之中少数人是无声地哭泣，让眼泪顺着面颊汹涌而下。大部分人会撕心裂肺地痛哭，几乎声振寰宇。

诊所的工作人员说，她在外面都听到声如裂帛般的哭声，我近在咫尺洗耳恭听，如何受得了呢？

我说，事实上并没有你想象的那样难挨。天下之大，其实是难以找到可以放声一哭的地方。从这个角度来说，他或她，能够让我陪伴着痛苦，是给予我极大的信任啊。

在朋友的交往中，也常有这种情境。

如果你觉得不可忍受，多半是因为这痛苦，也正是你掩藏的伤口。别人的叙述，像一柄挖掘的铲，让你的陈血也开始喷溅。这种时刻，你不要轻易放过。如果你不能倾听，可以躲开，但要讲清自己不是厌倦，而是无力支撑。我相信真正的朋友是会理解这一点的。如果不能理解，那就不可久交了。

但你歇息下来的时候，不要轻易放过那稍纵即逝的痛楚。我猜，身体已经习惯于包裹最深的弹片，轻易不愿触动。不过还是要把它挖出来，虽然一段时间内会血流不止，不过伤口终将愈合。如果一直遮掩着，倒有可能变成精神的败血症。

○何时才能
外柔内刚

　　在咨询室米黄色的沙发上，安坐着一位美丽的女性。她上身穿着宝蓝色的真丝绣花V领上衣，衣襟上一枚鹅黄水晶的水仙花状胸针熠熠发亮。下着一条乳白色的宽松长裤，有一种古典的恬静花香一般弥散出来。服饰反射着心灵的波光，常常从来访者的衣着中就窥到她内心的律动。但对这位女性，我着实有些摸不着头脑，她似乎是很能控制自己的情绪，安宁而胸有成竹，但眼神中有些很激烈的精神碎屑在闪烁。她为何而来？

　　您一定想不出我有什么问题。她轻轻地开了口。

　　我点点头。是的，我猜不出。心理医生是人不是神。

　　我耐心地等待着她。我相信她来到我这儿，不是为了给我出个谜语来玩。

她看我不搭话，就接着说下去。我心理挺正常的，说真的，我周围的人有了思想问题都找我呢！大伙儿都说我是半个心理医生。我看过很多心理学的书，对自己也有了解。

她说到这儿，很注意地看着我，我点点头，表示相信她所说的一切。是的，我知道有很多这样的年轻人，他们渴望了解自己也愿意帮助别人。但心理医生要经过严格的系统的训练，并非只是看书就可以达到水准的。

我知道我基本上算是一个正常人，在某些人的眼中，我简直就是成功者。有一份薪水很高的工作，有一个爱我、我也爱的老公，还有房子和车。基本上也算是快活。可是，我不满足。我有一个问题——就是怎样才能做到外柔内刚？

我说，我看出你很苦恼，期望着改变。能把你的情况说得更详尽一些吗？有时，具体就是深入，细节就是症结。

宝蓝绸衣的女子说，我读过很多时尚杂志，知道怎样颔首微笑怎样举手投足。你看我这举止打扮，是不是很淑女？我说，是啊。

宝蓝绸衣女子说，可是这只是我的假象。在我的内心，涌动着激烈的怒火。我看到办公室内的尔虞我诈，先是极力地隐忍。我想，我要用自己的善良和大度感染大家，用自己的微笑消弭裂痕。刚开始我收到了一定的成效，大家都说我是办公室的一缕春风。可惜时间长了，春风先是变成了秋风，后来干脆成了西北风。我再也保持不了淑女的风范。开业务会，我会因为不同意见而勃然大怒，对我看不惯的人和事猛烈攻击，有的时候还会把矛头直接指向我的顶头上司，甚至直接顶撞老板。出外办事也是一样，人家都以为我是一个弱女子，但没想到我一出口，就像上了膛的机关枪，横扫一气。如果我始终是这样也就罢了，干脆永远的怒目金刚也不失为一种风格。但是，每次发过脾气之后，我都会飞快地进入后悔的阶段，我仿佛被鬼魂附体，在那个特定的时辰就不是我了，而是另一个披着我的淑女之皮的人。我不喜欢她，可她又确确实实是我的一部分。

看得出这番叙述让她堕入了苦恼的渊薮，眼圈都红了。我递给她一张面巾纸，她把柔柔的纸平铺在脸上，并不像常人那般上下一通揩擦，而是很细致地在眼圈和面颊上按了按，怕毁了自己精致的妆容。待她恢复平静后，我说，那么你理想中的外柔内刚是怎样的呢？

宝蓝绸衣女子一下子活泼起来，说我给你讲个故事吧。那时我在国外，看到一家饭店冤枉了一个印度女子，明明道理在她这边，可饭店就是诬她偷拿了某个贵重的台灯，要罚她的款。大庭广众之下，众目睽睽的，非常尴尬。要是我，哼，必得据理力争，大吵大闹，逼他们拿出证据，否则绝不甘休。那位女子身着艳丽的纱丽，长发披肩，不瘟不火，在整个两个小时的征伐中，脸上始终挂着温婉的笑容，但是在原则问题上却是丝毫不让。面对咄咄逼人的饭店侍卫的围攻，她不急不恼，连语音的分贝都没有丝毫的提高，她不曾从自己的立场上退让一分，也没有一个小动作丧失了风范，头发丝的每一次拂动都合乎礼仪。

那种表面上水波不兴骨子里铮铮作响的风度，真是太有魅力啦！宝蓝绸衣女子的眼神充满了神往。

我说，我明白你的意思了，你很想具备这种收放自如的本领。该硬的时候坚如磐石，该软的时候绵若无骨。

她说，正是。我想了很多办法，真可谓机关算尽，可我还是做不到。最多只能做到外表看起来好像很镇静，其实内心躁动不安。

我说，当你有了什么不满意的时候，是不是很爱压抑着自己？宝蓝绸衣女子说，那当然了。什么叫老练，什么叫城府，指的就是这些啊。人小的时候天天盼着长大，长大的标准是什么？这不就是长大嘛！人小的时候，高兴啊懊恼啊，都写在脸上，这就是幼稚，是缺乏社会经验。当我们一天天成长起来，就学会了察言观色，学会了人前只说三分话，未可全抛一片心。风行社会的礼仪礼貌，更是把人包裹起来。我就是按着这个框子修炼的，可到了后来，我天天压抑着自己的真实情感，变成了一个面具。

我说，你说的这种苦恼我也深深地体验过。在阐述自己观点的时候，在和别人争辩的时候，当被领导误解的时候，当自己一番好意却被当成驴肝肺的时候，往往就火冒三丈，也顾不得平日克制而出的彬彬有礼了，也记不得保持风范了，一下子义愤填膺，嗓门也大了，脸也红了。

听我这么一说，宝蓝绸衣的女子笑起来说，原来世上也有同病相怜的人，我一下子心里好受了许多。只是后来您改变了吗？

我说，我尝试着改变。情绪是一点一滴积累起来的，我不再认为隐藏自己真实的感受，是一项值得夸赞的本领。当然了，成人不能像小孩子那样，把所有的喜怒哀乐都写在脸上，但我们的真实感受是我们到底是一个怎样的人的组成部分。如果我们爱自己，承认自己是有价值的，我们就有勇气接纳自己的真实情感，而不是笼统地把它们隐藏起来。一个小孩子是不懂得掩饰自己的内心的，所以有个褒义词叫"赤子之心"。当人渐渐长大，在社会化的过程中，学会了把一部分情感埋在心中。在成长的同时，也不幸失去了和内心的接触。时间长了，有的人以为凡是表达情感就是软弱，要把情感隐蔽起来，这实在是人的一个悲剧。

我们的情感，很多时候是由我们的价值观和本能综合形成的。压抑情感就是压抑了我们心底的呼声。中国古代就知道，治水不能"堵"，只能疏导。对情绪也是一样，单纯的遮蔽只能让情绪在暗处像野火的灰烬一样，无声地蔓延，在一个意想不到的地方猛地蹿出凶猛的火苗。这个道理想通之后，我开始尊重自己的情绪，如果我发觉自己生气了，我不再单纯地否认自己的怒气，不再认为发怒是一件不体面的事情，也不再竭力用其他的事件分散自己的注意力。因为发自内心的愤怒在未被释放的情况下，是不会像露水一样无声无息地渗透到地下销声匿迹的，它们潜伏在我们心灵的一角，悄悄地发酵，膨胀着自己的体积，积攒着自己的压力，在某一个瞬间，就毫不留情地爆发出来。

如果我发觉自己生气了，就会很重视内心感受，我会问自己，我为什么而生气？找到原因之后，我会认真地对待自己的情绪，找到疏导和释放的最好方法，再不让它们有长大的机会。举个小例子，有一段时间我一听到东北人说话的声音心中就烦，经常和东北人发生摩擦，不单在单位里，就是在公共汽车上或是商场里，也会和东北籍的乘客或是售货员争吵。终于有一天，我决定清扫自己这种恶劣的情绪。我挖开自己记忆的坟墓，抖出往事的尸骸。那还是我在西藏当兵的时候，一个东北人莫名其妙地把我骂了一顿，反驳的话就堵在我的喉咙口。但一想到自己是个小女兵，他是老兵，我该尊重和服从，吵架是很幼稚而不体面的表现，就硬憋着一言不发。那愤怒累积着，在几十年中变成了不可理喻的仇恨，后来竟到了只要听到东北口音就过敏反感，非要吵闹才可平息心中的阻塞，造成了很多不必要的误会。

我把我的故事对宝蓝绸衣的女子讲完了，她说，哦，我有了一些启发。外柔内刚的柔只是表象，只是技术，单纯地学习淑女风范，可以解决一时，却不能保证永远。这种皮毛的技巧，弄巧成拙，也许会使积聚的情绪无法宣泄，引起某种场合的失控。外柔需要内刚做基础，而内刚不是从天上掉下来的，是靠自我的不断探索。

我说你讲得真好，咱们都要继续修炼，当我们内心平和而坚定的时候，再有了一定的表达技巧，就可以外柔内刚了。

Wan
An

全职主夫

　　早上，告别伊利诺伊的小镇，出发到芝加哥去。行程的安排是——我和安妮先乘坐当地志愿者的车，一个半小时之后到达罗克福德车站，然后从那里再乘坐大巴，直抵芝加哥。

　　早起收拾行囊，在岳拉娜老奶奶家吃了早饭，安坐着等待车夫到来，私下揣摩：今天我们将有幸与谁同行？

　　几天前，从罗克福德车站到小镇来的时候，是一对中年夫妇接站。丈夫叫鲍比，妻子叫玛丽安。他们的车很普通，牌子我叫不出来，估计也就相当于国内的"夏利"这个档次。车里不整洁也不豪华，但还舒适。我这样说，一点儿也没有鄙薄他们的财力和热情的意思，只是觉得有一种平淡的家常。

丈夫开车，车外是大片的玉米地。玛丽安面容疲惫但很健谈，干燥的红头发飘拂在她的唇边，为她的话增加了几分焦灼感。我说："看你很操劳辛苦的样子，还到车站迎接我们，非常感谢。"

玛丽安说："疲劳感来自我的母亲患老年痴呆十四年，前不久去世了。都是我服侍她的，我是一名家庭主妇。我知道陪伴一名老人走过她最后的道路，是多么艰难的过程。母亲去世了，我一下子不知道干什么好了。照料母亲成了我生命的一部分。现在，我干什么呢？虽然我有家庭，鲍比对我很好……"

说到这里，开车的鲍比听到点了他的名，就扭过头，很默契地笑笑。

玛丽安说："孩子也很好，可这些都填补不了母亲去世后留下的黑洞。我的这一段经历，我不想让它轻易流失。你猜，我选择了怎样的方式悼念母亲？"

我说："你要为母亲写一本书吗？"

这的确是我能想出的悼念母亲的较好方法了。

玛丽安说："不是每个人都有能力写书的。"

我说："那么，你想出的方法是什么？"

玛丽安说："我想出的办法是竞选议员。"

我的眼珠瞪圆了。当议员？这可比写书难多了，我不由得对身边的玛丽安刮目相看。议员是谁都当得了的？这位普通的美国妇女，消瘦疲倦，眼圈发黑，看不出有什么叱咤风云的本领，居然就像讨论晚餐的豌豆放不放胡椒粉那样，淡淡地提出了自己的议员之梦。

玛丽安沉浸在对自我远景的设计中，并未顾及我的惊讶。她说："我要向大家呼吁，给我们的老年人更多的爱和财政拨款。服侍老人不但是子女的义务，而且是全社会的代价高昂的工作。这不但是爱老年人，也是爱我们每一个人。我到处游说……"

我忍不住插嘴："结果怎么样？你有可能当选吗？"

玛丽安一下羞涩起来，说："我从没有竞选的经验，准备也很不充分。当然，财力也不充裕。所以，这第一次很可能要失败了。但是，我不会气馁的。我会不懈地争取下去，也许你下次来的时候，我已经是州议员了。"

玛丽安说到这里，鲍比就把汽车的喇叭按响了。宽广的道路上没有一个人，也没有任何险情。喇叭声声，代表鲍比的喉咙，为妻子助威。

我对玛丽安生出了深深的敬佩。怎么看她都不像一个能执掌政治的女人，但是谁又能预料她献身政治后的政绩，不是辉煌和显赫的呢？因为她的动机是那样单纯和坚定！

有了来时和这位"预备役议员"的谈话，我就对去时与谁同车，抱有了强烈的期待。

车夫来了。一个很高大而帅气的男子，名叫约翰。一见面，约翰连说了两句话，让我觉得行程不会枯燥。

第一句话是："出远门的人，走得慌忙，往往容易落下东西。我帮你们装箱子，你们再好好检查一下，不要遗漏了宝贝。"

在他的提醒下，我迅速检点了一番自己的行囊。乖乖，照相机就落在了客厅的沙发上。在整个美国的行程中，我仅这一次丢了东西，还被细心的约翰挽救了回来。

约翰的第二句话是："你的箱子颜色很漂亮。它不是美国的产品，好像是意大利的。"

我惊奇了。惊奇的是一个大男子汉，居然在记忆中储存着女士箱子的色彩和款式的资料，并把产地信手拈来。

我说："谢谢你的夸奖。你对箱子很了解啊。能知道你是做什么工作的吗？"

我猜想，他可能是百货公司的采购员。约翰把车发动起来，他的车非常干净清爽。他一边开车一边回答："我的工作嘛，是足球教练。"

我自作聪明地说："赛球的时候走南闯北，所以你就对箱子有研究了？"

约翰笑起来说："我这个足球教练，只教我的三个孩子。我有三个男孩，他们可爱极了。"

他说着，竟然情不自禁地减速，然后从贴身的皮夹里掏出一张照片，转手递给我们。三个如竹笋一般修长挺拔的孩子踩着足球，笑容像新鲜柠檬一样灿烂。

约翰说："我的工作，就是照顾我的三个孩子。我接送他们上学，为他们做饭，带他们游玩和锻炼。我的邻居看到我把自己的孩子带得这样好，就把他们的孩子也送到我这儿训练，我就多少挣一点儿小钱。但绝大多数时间，我是挣不到一分钱的。因为我不好意思领工资。我是全职的家庭主夫啊。"

我赶快把自己的脸转向窗外。因为我无法确保自己的五官不因巨大的愕然而错位。

令我惊奇的不仅是这样一个正当壮年的健康男子，居然天天在家从事育子和家务劳动，更重要的是他在讲这些话的时候，那种安然的坦率和溢于言表的幸福感。我从来没有见过一个男子说到自己的职业是——家庭主夫时，如此的心平气和。不对。不准确。不是心平气和，是意气风发。

我变得小心翼翼起来。我怕我不合时宜的语调，出卖了我的惊讶。我说："你的妻子是做什么的？"

约翰说："法官。她是法官，在我们这一带非常有名气的法官。"

我说："那你这样……没有工作，对不起，我的意思是在家里……工作……她心理平衡吗？"

约翰很有儿分不解地说："平衡？她为什么不平衡呢？这是

一种多么好的组合！她多么喜欢她的孩子，可是她要工作，把孩子交给谁来照料呢？当然是我了，她才最放心。"

话说到这个地步，我顾虑再追问下去是否有些不敬，但我实在太想知道答案了，只好冒着得罪人的危险说："要是您不介意，我还想问问，您心理平衡吗？"

约翰说："我？当然，平衡。我那么爱我的孩子，能够整天和我的孩子在一起，我是求之不得的。世上不是每个男人都有这样的福气。他们不一定能娶到我夫人这样能干的女子，我娶到了。这是我天大的运气啊。"

交流到这个程度，我心中的问号基本上被拉直，变成惊叹号了。我只有彻头彻尾地相信，世界上有一种非常快乐的家庭主夫生活着，绽放着令世界着迷的笑脸。

到了车站，我和安妮把所有的行李搬了下来，和约翰友好地挥手告别。安妮突然一声惊叫："天啊，我的手提电脑……哪里去了？"

约翰不急不忙地说："别急。很可能是落在岳拉娜老奶奶家了，待我问问她。"

约翰拨打手提电话，果然，电脑是在岳家。

怎么办呢？那一瞬，很静。听得见枫树摇晃树叶的声音。从车站到我们曾经居住的小镇，一来一回要三小时，约翰刚才还说，他要赶回去给孩子们做饭呢！

　　我们看着约翰，约翰看着我们，气氛一时有些微妙和尴尬。临行之前，他三番五次地叮嘱我们，现在不幸被他言中……

　　约翰是很有资格埋怨我们的，哪怕是一个不悦的眼神。或者出于不得不顾及的礼节，他可以帮助我们，但他有权利表达她的为难和遗憾。

　　但是，没有。他此刻的表情，我真的无法确切形容，原谅我用一个不恰当但能表达我当时感觉的词——他那样的"贤妻良母"。那是真正的温和和温暖的笑容，耐心和善。好像一个长者刚对小孩子说过：你小心一点儿，别摔倒了。那孩子就来了一个嘴啃泥。他的第一个反应不是埋怨和指责，而是本能地微笑着，看到小孩子的膝盖出了血，就帮助包扎。他很轻松地说："不要紧。出门在外的人，这样的事情常常发生，他们不是着急嘛。我这就赶回小镇，照料完我的孩子们的午饭，就到岳拉娜家取电脑，然后立即返回这里。等着我吧。在这段时间里，你们可以看看美丽的枫树。只有伊利诺伊的枫树，是这样冷不防地就由黄色变成红色的了，非常俏皮。离开了这里，你就看不到如此美丽的枫树了。"

　　约翰说着，挥挥手，开着车走了。我和安妮坐在秋天的阳光下，看着公路上，约翰的车子变成一只小小甲虫，消失在远方。我们什么也不说，等待着他亲切的笑容在秋阳下重新出现。

○谁是你的

闺蜜

　　某天，我看到工作人员正在清理一堆小山似的硬币，好像是哪个孩子当场砸碎了他的宝贝扑满。我很奇怪，心理机构不是超市银行，似乎不应该搜集如此多的硬币。助手们都很尽职，平常绝不会在业务场所处理私事，看来这些硬币和工作有关。我实在想不明白：硬币和心理咨询有何关系？

　　助手看我纳闷，就说，这是一个孩子交来的预约咨询费用。我一时愣怔，心想，孩子的钱，是不是应该减免？助手看我不说话，以为我是在斟酌钱的数量，就说，这是那个孩子所有的钱，我打算自己帮她补足。

　　我问，钱的事，咱们再说。我想知道孩子是跟着谁来的。

按照惯例，孩子出了问题，都是父母发现后焦虑不安地领来求助。

助手说，这孩子是自己来的，用压岁钱来付费，父母根本不知道她要来看心理医生。助手说着，把她的登记表递过来。

工工整整的字迹写着：张小锦，女，13岁，本市××中学初中一年级学生……

见到张小锦的时候，我吃了一惊。本以为这么敢作敢为挺有主意的孩子一定人高马大，却不料她十分瘦小，穿橙色校服蜷在沙发中，好像一粒小小的黄米。

我说，你遇到了什么事情，需要我们的帮助？

瘦小的张小锦说起话来嗓门挺大，音调暗哑，有点像张柏芝，仿佛轻巧的身躯里藏着一根摔裂的长笛。张小锦咬牙切齿道：我请你帮助我——除掉我妈的朋友！

我着实被吓了一跳——这个开头，有点像黑帮买凶杀人。我说，你很恨你妈妈的朋友？

张小锦说，那当然！请你千万不要把我的话告诉任何人。你要发誓，永远不能说。

这可让我大大地为难了。就算她是一个孩子，如果她图谋杀人，我也要向有关机构报告的。可如果我拒绝了张小锦的要求，她很可能就拒绝和我说知心话了，帮助便无从谈起。我避开话锋，慢吞吞地反问，你能告诉我，你说的"除掉妈妈的朋友"是什么意思吗?

"除掉"通常是血腥的。警匪影片中将要杀死某个人的时候,匪徒们会窃窃私语,吐出这个词。张小锦回答说,我的"除掉"就是让这个朋友离开我家!不要和我妈没完没了说个不停,让我妈多拿出一点儿时间来陪我,遇事别老听这个朋友的,也和我聊聊天,也听听我的想法……

原来是这样!在张小锦的词典里,"除掉"并不是杀死,只是离开。我稍稍松了一口气,说,张小锦,看来你妈妈和你交流不够,你对此很有意见啊。

张小锦遇到了知音,直起身板说,对啊!我妈有什么心事,只和朋友说,不和我说。我们家的事,是和她朋友关系密切啊,还是和我密切啊?

张小锦黑亮的眼珠凝神盯着我,目光中带出急切和哀伤。

我立即表态,你们家的事,当然是和你关系最密切了。

这让张小锦很受用,她说,对啊!那个朋友一天到晚老缠着我妈,让我妈离婚,破坏我们家的和睦!说着,她长长的睫毛湿润了。我递过去几张纸巾,张小锦执拗不接,只是不停地眨巴眼睛,希望眼帘把泪水吸干,睫毛就聚成几把纤巧的小刷子。

看来张小锦家充满了矛盾和危机,她妈妈的朋友也许正是罪魁祸首。我说,小锦,是妈妈的朋友让你们家庭变得不幸福了?

张小锦一个劲儿地点头,正是!

我说，妈妈的坏朋友具体是个怎样的人？

张小锦突然有点踌躇，说，其实这人也不算太坏，逢年过节都会给我买礼物，是我妈的闺蜜。

晕！我一直以为妈妈的朋友是个男人，甚至怀疑他就是破坏张小锦家的第三者，现在才知道，朋友是个女的！有一瞬间，闪过张小锦的妈妈是不是个双性恋的念头。要不然，怎么两个女人之间的关系会引发张小锦这样大的恼怒！

咨询师的脑海就像一台高速运转的计算机，来访者的任何一句谈话，都会在咨询师脑海中引发涟漪。一千种可能性像漂流瓶在波涛中起伏，你不知道哪一只瓶内藏着来访者心中的魔兽。也许你以为是症结所在，穷追不舍，紧紧跟踪，结果不过是一朵七彩泡沫。也许你忽视的只言片语，却潜藏着最重要的破解全局的咒语。这一次，我的方向差了。

我想起了老师的教导：你不能以自己的主观猜测代替事实的真相。你永远不能跑到来访者的前面去，你只能跟随……跟随……还是跟随。

我调整了心态，对张小锦说，你妈妈和女友之间的关系，让你嫉妒。

张小锦不解地重复，嫉妒？我好像没有想到这一点。

我说，以前没想到不要紧，现在开始想也来得及。

张小锦偏着脑袋想了一会儿说，好吧，你说我嫉妒，我承认。人家都说女儿是妈妈的小棉袄，可我妈妈硬是把我当成了破大衣，心里有话都不跟我讲。

我说，你妈妈的心里话是什么呢？

这一次，张小锦反常地沉默了，很久很久。如果我不是一个训练有素的心理师，也许我就睡着了。我等待着张小锦，我知道这些话对她一定非常重要，讲出口又非常困难。

终于啊终于，张小锦说，哼！他们都以为我不知道，他们合伙儿来骗我，我也愿意装出一副傻相，让他们以为我不知道。他们自以为知道一切，其实我在暗里比他们知道得更多！

简直就是一个绕口令！我彻头彻尾被这个有着沙哑嗓音的女生弄糊涂了。我要弄清，在她的词典里，"他们"——是谁？

是我爸爸，我妈妈，还有那个和我爸爸相好的女人，当然，还有我妈妈的闺蜜……张小锦的话匣子终于打开了。原来，张小锦的爸爸有了外遇，和另外一个女子暧昧，被放学回来的张小锦撞见了。从此，张小锦见了爸爸不理不睬，爸爸反倒对张小锦格外好。张小锦决定不把这件事告诉妈妈，因为那样家就很可能破碎。张小锦知道那些父母离婚的同学基本上都很自卑。张小锦心想，只要妈妈不发现这件事，家庭就能保全。她一次又一次地帮着爸爸遮掩，让妈妈蒙在鼓里。然而，妈妈还是察觉到了某种蛛丝马迹，开始敏感而多疑。张小锦很怕出事，就故意胡闹，分散妈妈的注意力，实在没法子了就生病。无论妈妈多么在意爸爸的一举一动，只要张小锦一生病，妈妈就把所有的注意力都放到了张小锦身上，无暇他顾，爸爸的危机就化解了。可爸爸不知悔改，变本加厉。张小锦就是再用十八般武艺转移妈妈的注意力，妈妈还是越来越接近真相了。妈妈对自己的好朋友痛哭一场，和盘托出。这位闺蜜是个刚烈女子，疾恶如仇。她不断和妈妈分析爸爸的新动向，号召妈妈奋起抗击。妈妈很痛苦，和闺蜜无话不谈，最近已经到了商议如何去法院告道德败坏的爸爸，讨论分割财产和张小锦的归属……张小锦用大量的精力偷听她们的谈话，惊恐万分。好比外敌入侵，妈妈的闺蜜是主战派，张小锦是主和派。张小锦要维护家园，当务之急就是除掉闺蜜！她走投无路，不知道跟谁商量。跟同学不能说，要维持幸福家庭的假象；跟亲戚不能说，爸爸妈妈都是好面子的人，张小锦不愿亲人们知道家中正在爆发内乱；跟老师也不能说，她害怕老师从此把她归入需要特别关心爱护的群体。万般无奈的张小锦想到了心理医生，就把所有的私房钱都拿出来做了咨询费。

听完了这一切，我把张小锦抱在怀里。她像一只深秋冷雨后的蝴蝶，每一根发丝都在极细微地颤抖。不知道这具小小的躯体里隐藏了多少苦恼与愤怒！她还是个孩子啊，却肩负起了成人世界的纷争，为了自己的家庭，咽下多少委屈、辛酸的苦果！

许久后，我说，小锦，设想一个奇迹。假如你妈妈的闺蜜突然消失了，你们家就能平静吗？

张小锦认真想了一会儿，说，可能会平静几天吧。但我妈妈已经起了疑心，她会穷追到底，我爸爸迟早得露馅。

我说，这么说，闺蜜并不是事情的症结……

张小锦是个聪明孩子，马上领悟过来，说，事情的根本是我爸妈自己！

我说，你同意我请你的爸爸妈妈到这里来，咱们一同讨论你们家的情况吗？

张小锦害怕地抱着双肩说，他们会离婚吗？

我说，不知道，咱们一块儿努力吧。只是有一条，这一次，你不能装作什么都不知道，你要把你所知道的一切和感受都说出来，包括你对爸爸第三者的印象，还有你对妈妈闺蜜的看法。你要表达你对父母的期待和对一个完整的家的爱。

张小锦说，天啊！在爸爸妈妈眼里，我一直是个善解人意的乖乖女，这下子，我岂不是变成了刺探情报、两面三刀的小间谍？不干！不干！

我说，这是否比你失去爸爸妈妈和家庭瓦解更可怕？

张小锦捂着眼睛说，好吧，我知道什么事最可怕。

我们和张小锦的爸爸妈妈取得了联系，他们一同来到咨询室。经过多次的家庭讨论，这其中有很多激战和眼泪，张小锦的爸爸终于决定珍惜家庭，和第三者一刀两断。妈妈也说看在小锦的一番苦心上，给爸爸一个痛改前非的机会。

　　结束最后一次咨询，张小锦离开的时候悄悄地对我说，现在，我也有了一个闺蜜，给我出了个好主意。

　　我问，谁呀？她说，就是你啊！

Wan
An

家问

家是什么？

家会很小很小，螺蛳壳是蜗牛的家。家会很大很大，宇宙是星星的家。

家会很轻很轻，像一粒浮尘，被人一指弹掉，不留一丝痕迹。家会很重很重，像一座铅山，压在肩上，寸步难行。

家会很快乐很幸福，像一眼不老的喜泉。家会很凄凉很悲凉，像一汪深不可测的泪潭。

问年轻人：家是什么？

他们回答：家是粉红色的玫瑰，有刺更有蕾。家是甜蜜的吻、热烈的拥抱、柔情似水的情话和思念时的邮票。

问中年人：家是什么？

他们回答：家是心灵与肉体的港湾，能停泊万吨巨轮也能栖息独木小舟。家是无私的付出和接纳，家是脱去疲劳的热水澡。家是一个苹果，你一大口，我一小口。家是一副重担，我愿这边的力臂短，你那边的力臂长。

问老年人：家是什么？

他们说：家是一种能力，一种学习。我自忖无力从那里毕业，就中途逃亡了。

问无家的人：家是什么？

他们回答：家是黄昏湖边的搀扶，家是灯下互相剪去丝丝白发。家是一件旧风衣，风也是它雨也是它。家是虽非一见钟情却希望白头偕老的漫漫旅程。家是墓前的一枝黄菊。

问孩子：家是什么？

他们回答：家是妈妈柔软的手和爸爸宽阔的肩膀，家是一百分时的奖励和不及格时的斥骂。家是可以耍赖撒谎当皇帝，也得俯首听命当奴隶的地方。家是既让你高飞，又用一根线牵扯的风筝轴。

问情人：家是什么？

他们回答：家是舔着伤口的两只狼，家是荷尔蒙的汹涌分泌。家是一日不见，如隔三秋。家是猜忌、争执、思念、指责的杂耍场。家是枕边泪窗前月，家是今夜你会不会来？

问养家的人：家是什么？

他说：家不是勋章，你挂在胸前，别人也看不见。家是一条暗地里逼你不断挣钱的鞭子，直抽得你遍体鳞伤。

问弃家的人：家是什么？

他说：家是羁绊，家是约束，家是熄灭人创造激情的沼泽地，家是一种奢侈的糜费。

问恋家的人：家是什么？

她说：家是树上的喜鹊窝。纵然世界毁灭了，只要有家在，依然有一切。

问恨家的人：家是什么？

他说：家是爱情的终点，家是英雄的坟墓。家是累赘，家是负担，家是挂在你项上的枷锁，家是你自卖自身的契约。

我不知世上还有另外的场所，会如此众说纷纭、褒贬不一。

纵观家庭，是大千世界的缩影。人们在家中卸去重要角色的面具，露出天然嘴脸，最坦率最赤裸。人性的善与丑，方寸之间，纤毫毕现。一代伟人，能治理好一个国家，未必能调理好一个家。能统率千军万马的将军，可能是妇孺裙衩下的败将。

有人认为家是最自由最放任的所在，可以放荡不羁。其实，家是最考验责任感的圣坛。对一个你所挚爱的人都不忠诚，你还能为世人所信吗？对一个托付终身的人都无法负起责任，你还能承诺他人的期嘱吗？连自己的一脉血缘都不能照料和抚育，你还能爱国爱民吗？在家中，我们看到了太多的丑恶。对亲人施暴的人，不可能对他人仁慈。在家中阴郁的人，不可能对太阳微笑。在家中诡计多端的人，不可能真诚对待友人。在家中粉饰虚伪的人，不可能直面惨淡的人生。

如果没有准备好，请不要撕下走进家庭的门票。如果没有爱自己也爱别人的能力，请不要构造家庭的地基。

许多人抱着从家庭掠取资源的动机，匆匆为自己寻一个可供汲取能量的后勤仓库。殊不知，家庭不是无中生有变出魔力的黑斗篷。家庭的温暖先要无私无偿地培养和付出，然后才像春草，毛茸茸地生长起来。一旦失去爱情的滋养，再稳固的家也会很快风化。爱的力量，有时很巨大，有时很贫瘠，全看你是否以心血浇灌。

家庭里如果没有神圣感和勇气，请别要孩子。家庭缔结之时，并不是简单的男女人数相加，而是诞生了另样的结构，一个崭新的物种。这个物种的花朵和果实，就是孩子。

一花一世界，一家一宇宙，婴儿降临世上，家是包裹他的蛹壳。倘若家中注满健康的爱的花粉，他就吮吸着它，用爱滋养构建着自己的听觉、嗅觉、知觉，渐渐地酿成心中小小的蜜盏。在爱中长大的孩子，爱是他的羽衣，爱是他的长矛。在爱中蓬勃成长的孩子，他看天下，就比较明朗；他看人性，就比较乐观；他看自身，就比较尊严；他看他人，就比较客观；他看丑恶，就比较勇敢；他看前途，就比较光明；他看事物，就比较冷静；他看死亡，就比较泰然。

在纷乱和丑恶的气氛中成长的孩子，是伪劣家庭的痛苦产品。他们在家中最先看到并习得的待人处世经验，是破碎疏离和粗暴残酷。他们是那样幼小，缺乏分辨的能力，以为这就是人世间的模型。当他们走进社会的时候，会不由自主地以不良家庭的模式对待他人，将紊乱与不协传染到更远的范畴。更令人惊惧的是，来自不完美家庭的孩子们，彼此具有病态的吸引力，仿佛冥冥中有一块恶作剧的磁石，牵引性格有缺陷的男女，使他们格外同病相怜，迫不及待地走到一起。病态中建立的家庭，如履薄冰，全是悲剧。如果不能卓有成效地打断铰链，这种会伤人的家庭，就像顽强的稗草，代代相传，贻害无穷。

家可以很单纯，一个人也是一个完整的家。家可以很复杂，整个地球是一个共同的屋顶。

家啊，是理解、奉献、思念、呵护，是圣洁、宽容、接纳、和谐，是磨合、欣赏、忠诚、沟通，是心心相印、浪漫曲折、生死相依、海角天涯。

○倾听

Wan
An

灰姑娘

　　一位女友在国外做心理医生，回得国来，与我闲谈，说起她对许多心理疾患久治不愈的美国人，竭力推荐中国的一种疗法。

　　我说："是某种中药吧？中医对许多莫名其妙的病症，颇有奇异的效果。"

　　她抿嘴一笑说："不是。这疗法，不用口服不必注射，像我们这个年纪的中国人，操作起来都是极娴熟的。"

　　没想到不知不觉间还有绝技在身，忙问到底是怎么样的疗法。

　　"就是谈心啊。当年我们俩不是结成对子，常常在操场边的葡萄架下，谈天到深夜吗？各自的家庭，心里的一闪念，还有苦恼和希望，都漫无边际地聊个够……直到现在，我的鼻子在大洋彼岸，在睡梦中，还时时会闻到篮球架旁的沙枣花香，那是一种无法形容的蛊惑人心的醉气……"

我说："谈心这件事，现在的名声可不大好。过去许多人把谈心得来的材料，当成子弹，打了小汇报，酿出了无数冤案。人们如今牢记老祖宗的教导，逢人只说三分话，未敢全抛一片心，哪里还有痛彻肺腑的聊天？倘若是男人嘛，还有一个放松的机会，那就是三五知己喝醉了酒，吐出几分真言，女人就只好憋在肚子里，让那些心里话横冲直撞，直到把自己的神经撞出洞来。再说这也是社会的一种进步，我们好不容易得到了隐私权，岂能拱手相让？"

女友笑起来说："隐私权是一种权力，你愿意用就用，不愿意用就不用，自由在你手里啊。好比离婚这种权力，对于和和美美的夫妻来说，就可以闲置在那里。再者人家逼迫你说出隐私，和你自愿地倾诉心曲，实在是两回事。其实越是隐私，对人心理的压力就越大，就越要有正常的宣泄渠道。随着社会物质文明的进步，人们对自己的生理健康越来越关注。哪怕微风吹落了草帽，也要赶快吞几片感冒药预防。但人们对自己的心理关怀太不够了，它就像一个褴褛的灰姑娘，躲在角落里。可这个灰姑娘是会发脾气的，一旦疯狂起来，将给我们带来巨大的痛苦。"

她忽然转换了话题说："假如你和你的先生吵了架，你怎么办？"

我说："那我就不理他。"

她问："你和别人谈起吗？"

"一般不说。家丑不可外扬啊。"我叹一口气。

她说："你跟我说了心里话，我也跟你说。在美国，假如我突然和我的先生吵了架，我会马上去找我的心理医生。"

我说："你自己不就是医生嘛，还要找别人干什么？"

她笑笑说："心理医生也和别的医生一样，自己是不能给自己看病的。夫妻吵架表面上看来都是因为极小的事情，但下面常常潜伏着由来已久的情感危机。假如我们不想分手，就一定要把这股暗流找出来，清醒地对待它、排解它。但在美国，心理医生的收费十分昂贵。"

我说："主意虽好，只是咱们连小康都尚未达到，第三世界消费不起。有没有自力更生白手起家的法子？"

女友说："有啊，这就是谈心。其实心理医生也是和病人谈心聊天，只不过更专业更精彩一些。女性应该多有几个朋友，至少也要有一个你可以面对她哭泣的人。我指的不是那种萍水相逢或是生意场上、权力场上因为利害关系结成的伙伴，而是交往多年知根知底善解人意的朋友。你说起一片叶子，她就知道风从哪里来。哪怕你婚后爱上了另一个男人，你也用不着分辨自己不是一个坏女人，要商讨的只是应该怎么办……她真诚而善良，绝不会把你的故事流传。精心的信任和感情，就是不花钱的心理医生。友谊是一种像水一般互相流动的物质。这一次你给予了我，下一次我给予你。"

我说："明白你的意思了，让我们倾听对方心中的灰姑娘。"

分手的时候，她对我说，肝胆相照、温暖亲切的谈心遵循一条美好的定律。那就是——和朋友分享：

快乐是传染的，起码可以加倍。

痛苦是隔绝的，至少可以减半。

○依然写情书
的女孩

在电波充斥整个宇宙的时代，情书已成为温馨的古典。

拿到黄殿琴精美的《昨日情书》，心里洋溢起蔚蓝的云霓，一如那美丽封面上飞翔的鸥鸟。

在下雪的日子，读诗人迷蒙的语言，纷繁的意象如雪片扑面而来。仿佛看到诗人炙热的心在水波中漫浸，一圈圈泛起的涟漪，记录着生命的震颤。

我们已经许久许久没有情书了。高科技扼杀了窃窃私语的喁喁，快节奏熄灭了柔情蜜意的低吟。人们越来越简明迅捷，生活像速冻食品，新鲜但是丧失了必要的汁液。纯洁善良的人们拒绝谈论情书，觉得那是虚幻的传说。先锋前卫的青年甚至藐视情书，觉得迟缓的笔尖跟不上跳荡的思绪，是一种迂腐。

情书似乎同鹅毛笔一道，插在历史的墨水瓶里，凝固成湛蓝的一坨。

在寂寞中，这个女孩不倦地歌唱情书，像一朵遗失在苍原上的花。

她歌唱童贞。"一个女人可以投入许多男人的怀抱，一个男人可以同时拥抱许多女人，但我怀疑那是为了真爱……命运套在一起才是爱的最高境界……爱的时候，生活会变得躁动不安，像怀孕的少妇。寻欢作乐会将最美丽的语言弄皱。"

她歌唱爱情。"连着几个夜晚没有月亮，连着几个白日没有太阳雨。若再没有你，我就没有了日子。相信你的爱没有错。相信每一个苦难的日子！你的生命已为我做了坚实的岸，那上面铭刻的文字只有一个共同的内容：爱。"

她歌唱自己。"我没有人生的经验。唯有自爱。我永远自爱，永远佩服自己的顽强。当我感到我的爱并不能给你幸福反而是痛苦时，我会撤回我的爱，用我的痛苦挽回别人的自由。"

她也有痛苦的时候。"心上落着没有水的小雨，诗人发出朴素的怨怼，你也太欺负人了……你的一个字就那么珍贵？是怕我免费学了你的文采，还是怀疑我会把你的字句拿来当字帖？……我崇尚普通劳动者淳朴耿直的感情……为了要做普罗米修斯，也难免让那颗心蹦上了高加索的山顶。"

情书似乎同鹅毛笔一道，

插在历史的墨水瓶里，

凝固成湛蓝的一坨。

她有时又会向着一个我们所不知的对象发泄凛然怒气。"我不是代用品！我不能代替任何人。我就是我。我也不想代替谁。你更不必把谁当成谁的工具。"

面对这本厚厚的情书，阅读的时候我常常陷入迷惘。我为诗人的才气所惊讶。坦白地讲有许多地方我不大懂，但它引起我强烈的探索奥秘的兴奋。

我平日主要是写小说的，缠绕在故事情节和对话之中。这使我常常用一个小说家的眼睛去读诗，犹如戴着不会变色的眼镜走进幽静的峡谷。

我极力想探索这一纸诗笺后面的故事，但是我知道这不仅徒劳而且无益。诗人只是将一盏盏清茶递与我们，让我们感受其中的芬芳，并不曾有义务告诉我们，她是从哪座险峻的山崖上采得神韵。

于是我淡淡地啜这茶，遇到不大懂的地方就默默地感受那气氛。在如此喧嚣的城市，有人纯真地歌唱爱情和友情，是难得的真诚。在童话般的岚气里，我看到垂着一条独辫的女孩，用红靴子走出灵巧的脚印。

○ 分泌幸福的
"内啡肽"

　　我曾看过一则新闻：英国有家报社，向社会有奖征选"谁是最幸福的人"，然后排出第一种最幸福的人，是一个妈妈给孩子洗完澡、怀抱着婴儿；第二种最幸福的人，是一个医生治好了病人目送他远去；第三种最幸福的人，是一个孩子在海滩上筑起了沙堡；备选答案是，一个作家写完了著作的最后一个字，放下笔的那一瞬间。

　　看完了这则不很引人注目的报道，那一瞬间，我真的像被子弹打中一样，感到极度震惊——这四种状况都曾集于我一身，但是，我没有感觉到幸福。

　　我为什么没有幸福感？有了这个问号后，我就去观察周围的人，这才发现，有幸福感的人是如此之少。有一年，我拿出贺卡看了看，结果发现最多的是"祝你幸福"，这可能是中国人的集体无意识，所以才会觉得是永远的吉祥话。

可是，幸福的本质是什么东西呢？

日本春山茂雄博士《脑内革命》一书说，当我们感知幸福的时候，其实是生理在分泌一种内啡肽，即幸福感是体内内啡肽的分泌。从罂粟里提炼的吗啡是毒品，它的魔力正是在于它的分子结构模拟了生理基础上的内啡肽，让你体验到一种伪装的、模拟的快乐。当你觉得真正快乐的时候，例如接到大学录取通知书时，如果去抽血查验体内的生化水平，你的内啡肽水平肯定是增高的。

据春山茂雄研究，人体内啡肽的分泌，和马斯洛"需求层次"的金字塔理论惊人吻合：吃饭能带来愉悦，人在生理基础上是快乐的；然后，在实现安全、爱和尊严的过程中，伴随着更大量内啡肽的分泌，让你感知自己的幸福；最重要的是，当你完成自我实现的时候，内啡肽就到达非常高的水平，远远超出吃饭带来的幸福感。

这种生理和心理的结合，使我觉得，能够体验到幸福感，是一个需要训练、感知且不断提高的过程，因为幸福不是与生俱来的。

我觉得世界上的幸福，首先来自一个坚定的信念。

我常去高校和大学生交流，给我最多的感觉是，他们面临一个非常重要的问题——人生观的确立和价值观的走向，即人为什么活着。

经常有媒体采访我的心理咨询中心，最喜欢的问题是："咨询最多的问题是什么？"我说，心理咨询师这张米黄色的沙发如若有知，一定会一次次地听到来访者在问："我为什么活着？"我觉得人是追索意义的动物，尤其是年轻人，都曾经无数次地叩问过这个问题。

以前，我们喜欢用灌输式的方法，从小将主义、理想或目标灌输给孩子，希望能够在他心中扎下根，成为他一生的坐标。可我现在发现，一个人的目标，一定需要他自己经过艰苦的摸索，然后在心理结构里确立下来。否则，无论我们多么用心良苦、谆谆教导，它真的只是一个外部的东西。

其实，每个人都早早地确立了一生的目标，因为它原本已存在于你的内心：从童年经验开始，你所热爱、尊敬、向往、要为之奋斗的东西，其实早已植根于心里，只不过被许多世俗的东西、繁杂的外界所影响，甚至被遮蔽了。当一个人开始有意识地关注自己的心理健康时，那是在清理他的心理结构，然后明白心中取得最主打作用的架构和体系。

我曾在一所非常好的大学做讲座，台下的学生递条子问："毕老师，我想问问您，我年轻貌美，又有这么好的大学文凭，要是不找到一个大款把自己嫁了，我是不是浪费了资源？"我想，在大学生寻找目标的迷茫过程中，能够有这种朋友式的探问，是特别重要的。

另外，我觉得自我形象的定位，是幸福感来源非常重要的一部分。

在大学生自我形象的构建里，有一部分是他们的"出身"（阶层）。他们从各种阶层突然聚合到一起，大学虽是个相对小的、封闭的环境，却也是这个社会的缩影，因此如何看待自己不可选择的出世阶层，这是自我形象非常重要的部分。另外一部分是他们的学业，包括学习的能力、智商的能力、人际交往的能力等，可归为自己奋斗来的部分。然而，还有特别重要的一部分，就是外在条件——长相。

我曾在一所大学做关于自我形象、自我认知的讲座，请台下的学生问答：你们有谁曾经为自己的长相自卑？结果齐刷刷地举手——所有的人都自卑！

我当时一下子不知该如何反应：没料到当代年轻人在相貌问题上，居然有如此大的压力。

后来，我悄悄问一位女生，问她为自己相貌的哪一点自卑，我实在找不着——她身材窈窕、黑发如瀑、明眸皓齿、肤如凝脂，真的是美女。

她说，我有一颗牙齿长得不好看。

我说，哪颗牙齿？

她说，第六颗牙齿。

我说，谢谢你告诉我，否则站在对面看你一百年，我也看不到你哪颗牙齿不好。

她说，你不知道，可是我知道。我不敢笑，从来都是抿着嘴只露出两颗牙齿。同学都说我多"冷"、多高傲，其实，我只是怕人看到第六颗牙齿。男生追求我的时候，我就想，我一颗牙齿不好他还追求我，肯定是别有用心，于是放弃了好几个条件很好的男生。

我觉得，当一个人不能接纳自己，不能和自己友好相处的时候，他就不能和别人友好地相处。因为，他对自己都那么百般挑剔、那样苛刻，又怎能和别人有真诚的、良好的沟通与关系？

其实，我挺欣赏基督教里的说法：接受你不可改变的那一部分。我们可以列一列，像出身的阶层、长相及缺陷，这些是我们不可改变的，而我们能够去修炼、弥补和提高的，就是我们可改变的那一部分。

面对一个我们不可改变的东西，该如何对待它，每个人的答案是不一样的，而这个不一样的答案，却可能深刻地影响我们的一生。比如，一个人认为自己丑，就认定自己完全会不幸福了，觉得自己既然这么丑，有什么权利得到幸福？一个人说自己很贫寒，为什么别人可以含着银钥匙出生，而自己却含着草根出生？

　　面对种种不平等，我常跟年轻人说，不平等是社会有机的一部分，而让它变得更为平等，是你义不容辞的责任之一。

　　首先，你要丢掉幻想，坦然接纳不公平、巨大的差异或先天不良，然后，对于自己可改变的部分，你就要细细地分析，找出自己的优缺点，是优点就让它更好，是缺点就要去弥补，尤其是突出优点，把自己光彩照人的方面表现出来。因为中国文化特别容易告诉你哪里不行，生怕你忘了自己的缺点，而你有什么优点，告诉你的人可不太多，所以要坦然接受自己的优点，将它发扬光大。

　　心理咨询中心来过一位留英硕士，月薪十二万元，可他将自己说得一无是处，弄得我都心酸。我才知道，一个人接不接纳自己，其实不在于外在的条件，也不在于世俗的评判标准，而完全在于他内心框架的衡量。

　　我通常咨询完不会给谁留作业，但那天我说，我给你留个作业，下星期来见我之前，你要写出自己的15条优点。

　　我说，你老板起码相信你有优点吧，否则怎会出月薪十二万元雇你？

　　他突然在这个事实面前愣了半天，然后说，哦，那我试试看。

　　所以我觉得，应该去认识自己的长处，将它发扬光大，去接纳那些不可改变的东西。当你能够坦然地面对自己的时候，其实也就可以坦然地面对世界——放下包袱后，你才可以轻松前进。

费尔巴哈说过："你的第一责任是使你自己幸福。你自己幸福了，你也就能使别人幸福，因为，幸福的人愿意在自己的周围只看到幸福的人。"

常常听到有人说，他不幸福，希望别人给他幸福。我想，这就是他不幸福的根源。

○ 温暖的

荆棘

Wan
An

　　这一天，咨询者迟到了。我坐在咨询室里，久久地等候着。通常，如果来访者迟到太久，我就会取消该次咨询。因为是否守时，是否遵守制度，是否懂得尊重别人，都是咨询师需要以行动向来访者传达的信息。试想一下，如果一个人在没有不可抗力的情况下对准备帮助自己的人都不能践约，你怎能期待他有良好的改变呢？再说，重诺守信也是现代社会的基本礼仪。

　　因为等得太久，我半开玩笑地问负责安排时间的工作人员，这是一位怎样的来访者，为什么迟到得这样凶？

　　工作人员对我说，请您不要生气，千万再等等他们吧。我说，他们是谁，好像打动了你？为什么你的语气充满了柔情，要替他们说好话？我记得你平常基本上是铁面无私的，如果迟到超过15分钟，你都会很不客气。

工作人员笑着说，我平常是那么可怕吗？就算铁石心肠也会被那个小伙子感动。他们是一对来自外省的青年男女，失恋了，一定要请你为他们做咨询，央求的时候男孩嘴巴可甜了。现在他们坐在火车上正往北京赶呢。倾盆大雨阻挡了列车的速度，小伙子不停地打电话道歉。

我说，像失恋这样的问题，基本上不是一两次咨询就可以见到成效的。他们身在外地，难以坚持正规的疗程，不知道你和他们说过吗？

工作人员急忙说，我都讲了。那个男生叫柄南，说他们做好了准备，可以坚持每星期一次从外地赶来北京。

原来是这样。那就等吧。

原本是下午的咨询，就这样移到了晚上。他们到达的时候，浑身淋得像落汤鸡一般。女孩子穿着露肚脐的淡蓝短衫和裤腿上满是尖锐破口的牛仔裤，十分前卫和时髦的装束，此刻被雨水黏在身上，像一个衣衫褴褛的丐帮弟子。她叫阿淑。

柄南也被淋湿，但因他穿的是很正式的蓝色西裤和白色长袖衬衣，虽湿但风度犹存。

柄南希望咨询马上开始，这样完成之后，还能趁着天不算太黑去找旅店。

工作人员请他们填表。

柄南很快填完，问，可以开始了吗？

我说，还要稍微等一下。有个小问题：吃饭了吗？

吃了。两个人异口同声地回答。

我又问，吃的是哪一顿饭呢？

他们回答说，中午饭。

我说，现在已经过了吃晚饭的时间。空着肚子做咨询，你们又刚刚经了这么大的风雨，怕支撑不了。这里有茶水、咖啡和小点心，先垫垫肚子再说。

两个人推辞了一下，可能还是冷和饿占了上风，就不客气地吃起来。点心有两种，一种有奶油夹心，另一种是素的。阿淑显然爱吃富含奶油的食品，把前一种吃个不停。柄南只吃了一块奶油夹心饼之后就专吃素饼了。看得出，他是为了把奶油饼留给阿淑吃。其实点心的数量足够两个人吃的，他还是呵护有加。

等到两人吃饱喝足，我说，可以开始了。

柄南对阿淑说，你快去吧。

我说，不是你们一起咨询吗？

柄南说，是她有问题，她失恋了。我并没有问题，我没有失恋。

我说，你是她的什么人呢？

柄南没有正面回答我的问题，只是说，她是我的女朋友。

我说，难道失恋不是两个人的事吗？为什么她失恋了，你却没有失恋？

柄南说，你慢慢就会知道的。

我真叫这对年轻人闹糊涂了。好比有一对夫妻对你说他们离婚了，然后又说女的离婚了，男的并没有离婚……恨不能就地晕倒。

咨询室的门在我和阿淑的背后关闭了。在这之前，阿淑基本上是懈怠而木讷的，除了报出过自己的名字和吃了很多奶油饼，她的嘴巴一直紧闭着。随着门扇的掩合，阿淑突然变得灵敏起来，她用山猫样的褐色眼珠迅速睃寻四周，好像一只小兽刚刚从月夜中醒来。在我面前坐定，伸直她修长的双腿之后的第一句话是——您这间屋子的隔音性能怎么样？

我还是第一次碰到来访者问这样的问题，就很肯定地回答她，隔音效果很好。

阿淑还是不放心，追问道，就是说，咱们这里说什么话，外面绝对听不到？

我说，基本上是这样的，除非谁把耳朵贴在门上。但这大体是行不通的，工作人员不会允许。

阿淑长出了一口气，说，这样我比较放心。

我说，你千里迢迢地赶了来，有什么为难之事呢？

阿淑说，我失恋了，很想走出困境。

我说，可是看起来你和柄南的关系还挺密切啊。

阿淑说，我并不是和他失恋了，是和别人。那个男生甩了我，对此我痛不欲生。柄南是我以前的男友，我们早已不来往好几年了。现在听说我失恋了，他就又来帮我，陪着我游山玩水，看进口大片，吃美国冰激凌，您知道，这在外省的小地方是很感动人的。包括到北京来见您，都是他的主意……阿淑说话的时候不时地看看门的方向，好像怕柄南突然把门推开。

我说，阿淑，谢谢你对我的信任，让我对你们的关系比较清楚一点儿了。那么，我还想更明确地听你说一说，你现在最感困惑的是什么呢？

阿淑说，天下没有免费的午餐，当然也没有免费的人陪着你走过失恋。现在的问题是，我要甩开柄南。

说到最后这一句话的时候，阿淑把声音压得很低，凑到我的耳朵前，仿佛我们是秘密接头的敌后武工队员。

我在心底忍不住笑了——在自己的咨询室里，我还从来没有过这样鬼鬼祟祟的样子呢。面容上当然是克制的，来访者正在焦虑之中，我怎能露出笑意？

我说，看来你很怕柄南听到这些话？

阿淑说，那是当然了。他一直以为我会浪子回头和他重修旧好，其实，这是根本不可能的。谢谢他，我已经修复了旧日的伤痕，可以去争取新的爱情了，但这份爱情和柄南无关。我到您这里来，就是想请您帮我告诉他，我并不爱他。我是失恋了，但这并不等于他盼来了机会。我会有新的男朋友，但绝不会是他。

我看她去意坚决，就说，你已经想得很清楚了？

阿淑说，是的，很清楚了，就像白天和黑夜的分割那样清楚。

我说，这个比方打得很好，让我明白了你的选择。但是，我还有一点很疑惑，你既然想得这样清楚，为什么不能说得同样清楚呢？你为什么不自己对柄南大声说分手？你们朝夕相处，肯定不止有1000次讲这话的机会，为什么一定要千里迢迢地跑到北京，求我来说呢？

阿淑把菱角一样好看的嘴巴撇成一个外八字，说，您怎么连这都不明白？我不是怕伤害他嘛！

我说，你很清楚，你不承认是柄南的女朋友就伤害了他？

阿淑说，几年前，我第一次离开他时，他几乎吞药自杀，好不容易才缓过神来。这一次，真要出了人命关天的事，我就太不安了。

我说，阿淑，看来你内心深处还是一个善良的女孩。只是，当你深陷在失恋的痛苦的时候，你明知自己无法成为柄南的女友，还是要领受他的关爱和照料，因为你需要一根救命的稻草。现在，你浮出了旋涡，就想赶快走出这种暧昧的关系。只是，你不愿意看到那种悲怆的结局，你希望能有一个人代替你宣布这个残忍的结论，所以你找到了我……

阿淑说，您真是善解人意。现在，只有您能帮助我了。

我说，阿淑，真正能帮助你的人，只有你自己。虽然我非常感谢你的信任，但是，我不能代替你说这样的话，你只有自己说。当然了，这个"说"，就是泛指表达的意思。你可以选择具体的方式和时间，但没有人能够替代你。

阿淑沉默了半天，好像被这即将到来的情景震慑住了。她吞吞吐吐地说，就算我知道了这样做是对的，我还是不敢。

我说，阿淑，咱们换一个角度想这件事。如果柄南不愿意和你保持恋人的关系了，你会怎样？

阿淑说，这是不可能的。

我说，世上万事皆有可能。我们现在就来设想一下吧。

阿淑思忖了半天，说，如果柄南不愿意和我交朋友了，我希望他能当面亲口告诉我这件事。

我说，对啊。己所不欲，勿施于人。如果柄南找到一个第三者，托他来转达，你以为如何呢？

阿淑咬牙切齿地说，那我会把第三者推开，大叫着好汉做事好汉当，千方百计找到柄南，揪住他的衣领，要他当面锣对面鼓地给我一个说法、一个解释、一个理由、一个结论！

我说，谢谢你的坦诚，答案出来了。失恋这件事，对于曾经真心投入的男女来说，的确非常痛苦。但再痛苦的事，我们都要有勇气来面对，因为这就是真实而丰富多彩的人生的本来面目。困境时刻，恋情可以不再，但真诚依旧有效。对于你刚才所说的四个"一"，我基本上是同意一半，保留一半。

阿淑很好奇，说，哪一半同意呢？

我说，我同意你所说的——对失恋要有一个结论、一个说法。因为"失恋"这个词，你想想就会明白，它其中包含了个"失"字，本质就是一种丧失，有物质更有精神的一去不复返，有生理更有心理的分道扬镳。对于生命中重要事件的"沉没"，你需要把它结尾。就像赛完了一项马拉松或是吃完了一顿宴席，你要掐停行进中的秒表，你要收拾残羹剩饭，刷锅洗碗。你不能无限制地孤独地跑下去，那样会把你累死；你也不能面对着曲终人散的空桌子发呆，那渐渐腐败的气味会像停尸间把人熏倒……

阿淑说，这一半我明白了，另一半呢？

我说，我持保留意见的那一半，是你说在失恋分手的时候要有一个解释、一个理由。

阿淑说，我刚才还说少了，一个解释、一个理由哪里够用？最少要有十个解释、十个理由！轰轰烈烈的一场生死相依，到头来悄无声息地烟消云散了，还不许问为什么，真想不通！郁闷啊郁闷！

我说，我的意思不是瞒天过海什么都不说，不是让大家如堕五里雾中，死也是个糊涂鬼。人心是好奇的，人们都愿意寻根问底，踏破铁鞋地寻找真谛。这在自然科学方面是个优良习惯，值得发扬光大，但在情感问题上，盘根问底要适可而止。失恋分手已成定局，理由和解释就不再重要。无论是性格不合还是家长阻挠，无论是两地分居还是第三者插足，其实在真正的爱情面前，都不堪一击。没有任何理由能分开真正的伴侣，只有心灵的离散才是所有症结的所在。理由在这里不再重要，重要的是你要接受现实。

阿淑点点头说，我明白您的意思了。我应该有勇气面对自己的失恋，我不能靠着柄南的体温来暖和自己。况且，这体温也不是白给的，他需要我用体温去回报。温暖就变成了荆棘。

我说，谢谢你这样深入地剖析了自己，勇气可嘉。特别是"体温"这个词，让我也百感交集。本来你们重新聚在一起，是为了帮你渡过难关，现在，一个新的难关又摆在你们面前了。

阿淑身上的湿衣已经被她年轻的肌体烤干了，显出亮丽的色彩。她说，是啊，我很感谢柄南伸出手来，虽然这个援助并不是无偿的。现在，我要勇敢地面对这件事了，逃避只会让局面更复杂。

我说，好啊，祝贺你迈出了第一步。天色已经不早了，你们奔波了一天，也须安歇。今天就到这里吧，下个星期咱们再见。

阿淑说，临走之前，我要向您交一个功课。

这回轮到我摸不着头脑，我说，并不曾留下什么功课啊？

　　阿淑拿起那张登记表，说，这都是柄南代我填的，好像我是一个连小学二年级都没毕业的睁眼瞎，或是已经丧失了文字上的自理能力的废人。他大包大揽，我看着好笑，也替他累得慌。可是，我不想自己动手。我要做出小鸟依人的样子，让柄南觉得自己是强大的，让他感觉我们的事情还有希望。现在，我知道在这个问题上，我利用了柄南，自己又不敢面对，就装聋作哑得过且过。现在，我自己来填写这张表，我不需要您代替我对他说什么了，也不需要他代替我填写什么了。

　　我真是由衷地为阿淑高兴，她的脚步比我最乐观的估量还要超前。

　　看着他们的身影隐没在窗外的黑暗中，我不知道他们还会并肩走多远，也不知道他们的道路还有多长，但我想他们会有一个担当和面对。工作人员对我说，你倒是记着让来访者吃点心当晚饭，可是你自己到现在什么也没吃啊。

　　我说，工作之前不会觉得饿，工作之中根本不会想到饿。现在工作已经告一段落，饿和不饿也不重要了。

○ 蔚蓝的
乐园

Wan
An

在一堂心理学课程上，老师对女同学说，我们来做一个试验，请大家选择一个你认为最舒适的姿势坐好，然后闭上眼睛，听我说……

在老师特殊的语言诱导和自我的呼吸放松过程中，女人们渐渐进入一种极度松弛和冥想的状态，按照老师的每一道指示，沉浸在半是遐想半是幻觉的境况。那是一种奇异的体验，在思维飘逸中又保持了羽毛般细腻的注意力，身体的每一部分既仿佛被意志高度把持，又如边界模糊云空朦胧的雾海。

老师说，观察你自己的身体，感觉她每一部分的美好……然后深呼吸，体验血液在全身流通的温暖和欢畅——你的手指尖，你的脚心，你的每一寸肌肤，你的每一根发梢……感觉到热了吗？好……你渐渐地蜕去你女性的特征，变成一个男人……你的上肢，你的下肢，你的腹部……哦，如果你不愿意变，就不变吧……好，你已经变成一个男人了……打量你新的身体，从上到下，慢慢地抚摸他……你欣赏他吗？你喜爱他吗？……你是一个男人了，现在你要怎样呢？你走出家门……你行进在大街上，你同人家讲话，你的嗓音如何呢？……你看自己身边的女人，你的目光是怎样呢？……你以父亲的身份亲吻自己的孩子……

四周初起是渐强渐弱的呼吸，然后趋于宁静，最后是死一样的沉寂。

待试验整体结束，大家遵照老师的指示，缓缓回到现实的真实环境中。老师问，你们刚才在遐想中改变了一回自己的性别，有些什么特别的感触呢？

有大约三分之一的女性说，她们原来就不喜欢变成男人，这样在变的过程中，变着变着就变不下去了，怎么也蜕不掉自己的女儿身，于是她们就决定不变了，安安稳稳做女人。应了广告上的一句话——做女人挺好。

还有大约三分之一的女人说，她们在思想和情绪上，还是觉得做男人好，但在具体想象的过程中，不知如何处置自己的身体。比如说变成男人后的身材，是像施瓦辛格那样肌肉累累，还是如同冷峻的男模特瘦骨嶙峋？尤其是将要抚平自己身体的曲线，脱去茂密的长发，生出毛茸茸的胡须那一步时，进展艰涩。到达消失掉女性的第一性征，萌动男性的第一性征的关头，更是遭遇到了毁灭般的困难，弄得变也不是，不变也不是，停在蜕变的中途，好似一只从壳中钻出一半身体的知了猴，既没有长出纱羽般的翅膀，也无法重新钻回泥里蛰伏，僵持在那里，痛苦不堪。可见做男人不是一个抽象的问题，倘若无法在生理上接受一个男性的结构，其他一切，岂不罔谈？

还有三分之一变性意志坚定的女性，虽然甚为艰巨，还是比较顽强地驱动自己的身体变成男性（据统计资料，有34%的女人不喜欢自己的性别，假如有来生，可以自由选择性别的话，她们表示坚决要变成一个男人）。她们在想象中的明亮的大镜子前，匆忙端详了一下自己的身体，就急急忙忙地穿上衣服。她们并不是为了欣赏男性的身体而变成男性，她们有更重要的事情要做。要出门，当然要有相应的行头。女人们为变成男性的自己挑选什么样的衣服，是一个很有趣的问题。在日常生活中，这些女性为自己的男友或是丈夫择衣时，除了式样质地色泽以外，会注意顾及衣服的价位，也就是说，她们考虑问题是很实际的。但在想象中为男性的自己挑选衣物的时候，她们（现在要称他们了）都出手阔绰，毫不犹豫地买了名牌西装，为自己配了车，然后意气风发地走向商场、政界，成为焦点人物……当回复现实的女儿身时，她们一下子萎靡了。

真是一堂有意思有意义的课。

从以上变与不变的讨论中，是否可以得出这样一个结论：女性希冀改变自己性别的愿望，并不纯是生理上对男性形体的渴慕，而更多更重要的——是想得到男性的社会地位、成功形象、财富和权柄，变性只是一个理想价值实现的变形的象征。

把复杂的愿望伪装成一个天然的性别问题，且无法由个人努力而企及，只有寄予虚无缥缈的来世，我们从中读出女性沉重的悲哀和无奈，也与社会的偏见和文化的挤压密不可分。

男性和女性在生理构造上是有不同的，主要集中在生殖系统上，这是不争的事实。生理构造的不同，可以带来行为方式上的不同，比如鸭子和鸡，前者因为掌上有蹼，羽毛的根部有奇特的皮脂腺分泌，能在水中遨游。后者就不成，落入水中，就变了落汤鸡，有生命危险。但男性和女性，即使在生理构造上，也是相同大于不同——比如我们有同样的手指同样的眼，同样的关节同样的脚，同样的肠胃同样的牙，同样的大脑同样的心。

男女之间的差别，说到底，力量不同是个极重要的原因。在人类文明的曙光时期，天地苍莽，万物奔驰，体力是一个大筹码。在极端恶劣的生存与环境的抗争中，追逐野兽，猎杀飞禽，攀援与奔跑……男性们占了肌肉和骨骼所给予的先天之利，根据义务与权利相统一的公平原则，他们因此得到了更多的权力和利益。跟随文明进程的语言和文化，将这些远古时流传下来的习气凝固下来，弥漫开去，渗透到各个领域，成了铁的戒律。久而久之，不但男人相信它，女人也相信它。男人认为自己是天造地设的"强者"，女人认为自己是永远的"弱者"。

随着现代文明的进步，男女在体力上的差异，越来越不分明了。操纵机器用按钮，甚至在一场核武器的大战中，导弹和原子弹的发射，也只是弹指之间的事情，男人做得，女人也做得。因特网上，如果不真实地自报家门，谁也猜不出谈话的那一端是男是女。

最初奠定男女差异的物质基础已经动摇，渐趋消亡，但是建筑在它之上的陈旧的性别符号，却霸道地顽固地统治着我们的各个领域。

男女两性的真正平等，不是单纯地向男人世界挑战，也不是一味地向女人世界靠拢，而是在男女两性平等协商、相互沟通，既重视区别又强调统一的大前提下，建立一种新的体系，一个"中性"的价值框架。

它以人性中那些最光明仁慈的特质，来统率我们的思维和道德标准——博大宽容，善良温厚，新颖智慧，坚定勇敢。它以我们共同具有的勤劳的双手和睿智的大脑，把这颗蔚蓝色的星球，建设得更适宜人类居住和思索，造就一方男女两性共享的宇宙乐园。

○ 鱼在波涛下

微笑

　　心在水中。水是什么呢？水就是关系。关系是什么呢？关系就是我们和万物之间密不可分的羁绊。它们如丝如缕百转千回，环绕着我们，滋润着我们，营养着我们，推动着我们，同时也制约着我们，捆绑着我们，束缚着我们，缠扰着我们。水太少了，心灵就会成为酷日下的撒哈拉；水太多了，堤坝溃塌，如同2005年夏的新奥尔良，心也会淹得两眼翻白。

　　人生所有的问题，都是关系的问题。在所有的关系之中，你和你自己的关系最为重要。它是关系的总脐带。如果你处理不好和自我的关系，你的一生就不得安宁和幸福。你可以成功，但没有快乐。你可以有家庭，但缺乏温暖。你可以有孩子，但他难以交流。你可以姹紫嫣红宾朋满座，但却不曾有高山流水患难之交。

你会大声地埋怨这个世界，殊不知症结就在你自己身上。

你爱自己吗？如果你不爱自己，你怎么有能力去爱他人？爱自己是最简单也是最复杂的事情。它不需要任何成本，却需要一颗无畏的灵魂。我们每个人都是不完满的，爱一个不完满的自己是勇敢者的行为。

处理好了和自己的关系，你才有精力和智慧去研究你的人际关系，去和大自然和谐相处。如果你被自己搞得焦头烂额，就像一个五内俱空的病人，哪里还有多余的热血去濡养他人！

在水中自由地遨游，闲暇的时候挣脱一切羁绊，到岸上享受晨风拂面，然后，一个华丽的俯冲，重新潜入关系之水，做一条鱼在波涛下微笑。

○ 母爱的
级别

有人说，爱是与生俱来的，母爱是我们理解爱的最好的范本和老师。

我以为，错。爱需要学习，需要钻研，需要切磋，需要反复实践，需要考验，需要总结经验，需要批评帮助，需要阅读，需要讨论，需要提高，需要顿悟……总之，是需要一切手段的打磨和精耕细作的艺术。

与生俱来的只有动物的本能。人的爱，超越了血缘、种族、国界，它辽阔的翅膀抵达宇宙的疆界，这是地球上任何一种动物不可能天然辐射的领域。所以，爱不是如同瞳仁的颜色和身高的尺度，是一串基因决定的先天，而是后天艰苦琢磨的成长之舟。

　　印度猿孩的故事，是一个动物母爱的典范之作。有时想，假如是一个人类的母亲，得到了一只狼的幼崽，将会怎样？一般情形下，怕是不会用乳汁哺育它长大的吧？这不但说明了动物母爱是盲目的，还说明如果单纯比较母爱的浓度，也许人还不如一只动物。有人会说，狼长大了，会咬人，谁敢喂它？那么，一只小鼠，就会有人类的母亲用乳汁哺育它吗？答案也基本上是否定的。

　　母爱并不是爱的高级阶段，因为它仅仅是人类的一种本能。人类的婴儿接受母爱，是被动和无意识的。在感知的那方面来讲，母爱首先是物质的，是生存的必要条件。如果没有母亲的乳汁和精心呵护，小婴儿根本就无法生存。所以，母爱的早期阶段是分割界限不清晰的融合和多方面付出的照料性质；高级阶段则升华为分离和精神构建。世上有许多母亲，可以把属于动物本能那一部分做得较好，就是可以完成对女子的衣食住行的补给维护，但是对高级部分，就是超越一己博爱人类——从血缘分离弥散扩展至广博的爱，就未必能及格以至优秀。

　　我们不时地听到某个母亲，因为孩子的学习成绩不好，竟把自己的亲生孩子殴打致死。这是爱吗？很多人说这不是爱，因此他们本能地拒绝承认这是爱，在他们眼中，爱是纯正和没有任何杂质污染的，包括爱是不能有失误的。但我想说，假使把那位死去的孩子复活，问他或她，你的妈妈是否爱你，我想，他和她带着满身伤痕，也会说，妈妈爱……

因为母爱的初级阶段，就是如此盲目和自怜自恋的，她很可能不尊重孩子，难以清晰地界定孩子是另一个完整的独立的个体。她把自己的感受和期望，强加在一个与她完全不同的人身上，就会酿成悲剧。这不但是生理上的，还有更深的心理上的痕迹，我要说，很多成人的家庭不幸和性格缺憾，追溯起来，都和母爱只停留在地基阶段，未能完成向高级阶段的转化有关。单纯的低级的母爱，是泥沙俱下糟粕与精华并存的原始状态。

在母爱的高级阶段，母亲要高屋建瓴地完成与孩子的分隔。她高度尊重生命的不同个体之间的差异，帮助一个新的生命走向灿烂和辉煌。这种境界即使是一个潜质优等的母亲，如果不经过修炼和学习，也是不容易天然达标的。如果将它比作一座闸门，我们将忧虑地看到无数的母亲被隔绝在门的这一边，只有少数优异的母亲，才能跨越这对她们自身充满挑战的门槛，完成爱的本质的升华。

既然母爱里包含如此分明和严格的界限，我们有什么理由坚持——母爱就一定是我们接受爱的完善楷模呢？

所以，我宁可说，爱是没有天造地设的老师的，爱又是天法无师自通的。爱很艰巨，爱要我们在时间中苦苦摸索。

○轰毁你心中的
魔床

Wan
An

　　魔鬼有张床。它守候在路边，把每一个过路的人，揪到它的魔床上。魔床的尺寸是现成的，路人的身体比魔床长，它就把那人的头或者脚锯下来；路人的个子矮小，魔鬼就把那人的脖子或者肚子像拉面一样拉长……只有极少的人天生符合魔床的尺寸，不长不短地躺在魔床上，其余的人总要被魔鬼折磨，身心俱残。

　　一个女生向我诉说：我被甩了，心中痛苦万分。他是我的学长，曾每天都捧着我的脸说，你是天下最可爱的女孩。可说不爱就不爱了，做得那么绝，一去不回头。我是很理性的女孩，当他说我是天下最可爱的女孩的时候，我知道我姿色平平，担不起这份美誉，但我知道那是出自他真心。那些话像火，我的耳朵还在风中发烫，人却大变了，我久久追在他后面，不是要赖着他，只是希望他拿出响当当硬邦邦的说法，给我一个交代，也给他自己一个交代。

由于这个变故，我不再相信自己，也不相信他人。我怀疑我的智商，一定是判断力出了问题。如此至亲至密，说翻脸就翻脸，让我还能信谁？

女生叫萧凉，她说到这里，眼泪把围巾的颜色一片片变深。失恋的故事，我已听过成百上千，每一次，不敢丝毫等闲视之。我知道有殷红的血从她心中坠落。

我对萧凉说，这问题对你，已不单是失恋，而是最基本的信念被动摇了，所以你沮丧、孤独、自卑，还有莫名其妙的愤怒……

萧凉说，对啊，他欠我太多的理由。

我说，人是追求理由的动物。其实，所有的理由都来自我们心底的魔床，那就是我们对一些问题的看法和观念。它潜移默化地时刻评价着我们的言行和世界万物。相符了，就皆大欢喜，以为正确合理；不相符，就郁郁寡欢，怨天尤人。

这种魔床，有一个最通俗简单的名字，叫"应该"。有的人心里摆得少些，有三个五个"应该"；有的人心里摆得多些，几十个上百个也说不准。如果能透视到他的内心，也许拥挤得像个卖床垫的家具城。

魔床上都刻着怎样的名字呢?

萧凉的魔床上就写着"人应该是可爱的"。我知道很多女生特别喜欢这个"应该"。热恋中的情人,更是三句话不离"可爱"。这张魔床导致的直接后果,就是我们以为自己的存在价值,决定于他人的评价。如果别人觉得我们是可爱的,我们就欢欣鼓舞;如果什么人不爱我们了,就天地变色日月无光。很多失恋的青年,在这个问题上百思不得其解,苦苦搜索"给个理由先"。如果没有理由,你不能不爱我。如果你说的理由不能说服我,那么只有一个理由,就是我已经不再可爱,一定我有什么过错……很多失恋的男女青年,不是被失恋本身,而是被自己心底的魔床,锯得七零八落。残缺的自尊心在魔床之上火烧火燎,好像街头的羊肉串。

要说这张魔床的生产日期,实在是年代久远,也许生命有多少年,它就相伴了多少年。最初着手制造这张魔床的人,也许正是我们的父母。当我们还是婴儿的时候,还是那样弱小,只能全然依赖亲人的抚育。如果父母不喜欢我们,不照料我们,在我们小小的心里,无法思索这复杂的变化,最简单的方式,就是以为自己的过错,必是我们不够可爱,才惹来了嫌弃和疏远。特别是大人们的口头禅:"你怎么这么不乖,如果你再这样,我就不喜欢你了……"凡此种种,都会在我们幼小的心底,留下深深的印记,那张可怕的魔床蓝图,就这样一笔笔地勾画出来了。

　　有人会说，啊，原来这"应该如何如何"的责任不在我，而在我的父母。其实，床是谁造的，这问题固然重要，但还不是最重要的。心理学家弗洛伊德说过，一个孩子，即使在最慈爱的父母那里长大，他的内心也会留有很多创伤（大意，原谅我一时没找到原文，但意思绝对不错）。我们长大后，要搜索自己的内心，看看它藏有多少张这样的魔床，然后亲手将它轰毁。

　　一位男青年说，我很用功，我的成绩很好，可我不善辞令，人多的场合，一说话就脸红。我用了很大的力量克服，奋勇竞选学生会的部长，结果惨遭败北。前景黑暗，这可不是个好兆头，看来我一生都会是失败者。于是，他变得落落寡欢，自贬自怜，头发很长了也不梳理，邋遢着独来独往，好似一个旧时的落魄文人。大家觉得他很怪，更少有人搭理他了。

　　他内心的魔床就是"我应该是全能的"。我不仅要学习好，而且样样都要好。我每次都应该成功，否则就一蹶不振。挫折被放在这张魔床上反复比量，自己把自己裁剪得七零八落，一次的失败成了永远的颓势，局部的不完美泛滥成了整体的否定。

　　一个不美丽的大学女生每天顾影自怜。上课不敢坐在阶梯教室的前排，心想老师一定只愿看到漂亮的女生。有个男生向她表示好感，她想我不美丽，他一定不是真心，如果我投入感情，肯定会被他欺骗，当作笑柄流传。于是，她斩钉截铁地拒绝了他，以为这是决断和明智。找工作的时候，她的简历写得很好，屡屡被约见面试，但每一次都铩羽而归。她以为是自己的服饰不够新潮化妆不够到位，省吃俭用买了高级白领套装外带昂贵化妆品，可惜还是屡遭淘汰……她耷拉着脸，嘴边已经出现了在饱经沧桑的失意女子脸上才有的皱纹。

如果允许我们走进她枯燥的内心，我想那里一定摆着一张逼仄的小床。床上写着：女孩应该倾国倾城，应该有白皙的皮肤，应该有挺秀的身躯，应该有玲珑的曲线，应该有精妙绝伦的五官……如果没有，她就注定得不到幸福，所有的努力都会白搭，就算碰巧有个好的开头，也不会有好的结尾。如果有男生追求长相不漂亮的女孩，一定是个陷阱，背后必有狼子野心，切切不可上当……

很容易推算，当一个人内心有了这样的暗示，她的面容是愁苦和畏惧的，她的举止是局促和紧张的，她的声音是怯懦和微弱的，她的眼神是低垂和飘忽的……她在情感和事业上成功的概率极低，到了手的幸福不敢接纳，尚未到手的机遇不敢追求，她的整个形象都散射着这样的信息——我不美丽，所以，我不配有好运气！

讲完了黯淡的故事，擦拭了委屈的泪水，我希望她能找到那张魔床，用通红的火将它焚毁。

谁说不美丽的女子就没有幸福？谁说不美丽的女子就没有事业？谁说命运是好色的登徒子？谁说天下的男子都是以貌取人的

低能儿?

　　心中的魔床有大有小，有的甚至金光闪闪，颇有迷惑人的力量。我见过一家证券公司的老总，真是事业有成高大英俊，名牌大学洋文凭，还有志同道合的妻子、活泼聪明的孩子……一句话，简直人所有的他都有，可他寝食难安，内心的忧郁焦虑非凡人能想象，不知是什么灼烤着他的内心。

　　"我总觉得这一切不长久，人无远虑，必有近忧。水至清则无鱼，谦受益、满招损。我今天赚钱，日后可能赔钱，妻子可能背叛，孩子可能会遇到车祸，我也许会突患暴病，世界可能地震火灾飓风，即使风调雨顺，也会有人祸，比如'9·11'。我无法安心，恐惧追赶着我的脚后跟，惶恐将我包围。"他眉头紧皱着说。

　　我说，你极度不安全。你总在未雨绸缪，你总在防微杜渐。你总觉得周围潜伏着很多危险，它们如同空气看不到摸不着，却无处不在无所不能。

　　他说，是啊，你说得不错。

　　我说，你内心可有一张魔床?

　　他说，什么魔床? 我内心只有深不可测的恐惧。

　　我说，那张魔床上写着：人不应该有幸福，只应该有灾难。幸福是不真实的，只有灾难才是永恒。人不应该只生活在今天，明天和将来才是最重要的。

他连连说，正是这样。今天的一切都不足信，唯有对将来的忧患才是真实的。

我说，每个人都有过去、现在和将来。对我们来说，无论过去发生什么，都已逝去；无论对将来有多少设想，都还没有发生。我们活在当下。

由于幼年的遭遇，他是个缺乏安全感的人，惊惧射杀了他对于幸福的感知和欣赏。只有销毁了那张魔床，他才能晒到金色的夕阳，听到妻儿的欢歌笑语，才能从容镇定地面对风云，即使风雨真的袭来，也依然轻裘缓带、玉树临风。

说穿了，魔床并不可怕，当它不由分说就宰割着你的意志和行为的时候，面对残缺，我们只有悲楚绝望。但当我们撕去魔床上的铭文，打碎了那些陈腐的"应该"，魔力就在一瞬间倒塌。随着魔床倒塌，代之以我们清新明朗的心态。

魔由心生。时时检点自己的心灵宝库，可以储藏勇气，储藏智慧，储藏经验和教训，储藏期望和安慰，只是不要储藏"应该"。

○午夜的
Wan
An
声音

　　把朋友们的姓名写在一张纸上，呵，好长！细一检点，几乎全是女性。

　　交女友比交男友随意与安宁。男友跟你谈的多是国家、命运和历史，沉重而悠长。

　　于是，便累。

　　还有那条看不见的战线，总在心的角落时松时紧，好像在弹一首暗哑的歌。先是要提醒对方，后是要提醒自己：不要在懵懵懂懂之中误越了界限。总有那种邻近模糊的时刻，于是便要在心中与他挥泪而别。

　　与女友相处，真是轻松得多，惬意得多。与女友聊天，像是在温暖清澈的水中游了一次泳，清爽润滑，百骸俱松。灵魂仿佛被丝绸擦拭一新，又可以闪闪发光地面对生活了。

可惜世界太大，女友们要聚到一起太不容易。你有空时她没空，她得闲时你无闲。还有先生的事孩子的事，像杂乱的水草缠住脚踝。大家相逢在一处，像九星连珠似的，时间要算计了又算计。

于是女人们发明了电话聊天。忧郁的时候，寂寞的时候，悲哀的时候，烦躁的时候……电话像七仙女下凡时的难香，点燃起来，七八个数码拨完，女友的声音，就像施了魔法的精灵，飘然来到。

一位女友正在闹离婚，她在电话的那一头向我陈述，好像一只哀伤的蜜蜂。我静静地倾听，犹如一个专心的小学生，虽然时间对我来说极其宝贵，虽然我只听开头就猜出结尾，虽然夜已深沉，虽然心中焦虑，我依旧全神贯注地倾听，在她片刻的停顿时，穿插进亲昵的嗯或啊……我很希望自己能创造出杰出的话语，像神奇的止血粉，洒布在朋友滴血的创口，那伤处便像马缨花的叶子一般静谧闭合……但我知道我不能。我能送给朋友的就是静静地倾听，所有的语言都苍白无力，沉默本身就是理解和友谊。

有时铃声会在夜半突然响起，潜入我的梦中。夫比我灵醒，总是他先抓起电话，然后对我说，你的那群狐朋狗友又来啦！

"你是毕淑敏吗？有件事情我想求你……"声音大得震耳欲聋，使我疑心她就在楼下的公用电话亭。

其实她在城市的另一隅，女大当婚，却至今单身。她总是像潜艇一样突然浮出海面，之后又长时间地不知踪影。然而我知道她在人群中潇洒地活着，当她需要朋友的时候，就会不择时机地叩响我的耳鼓。

有什么事你尽管说……我一边披衣一边用目光搜索鞋子，好像准备去救火。

别那么紧张。她轻快地笑了，我只是想求你帮我写几个信封……她说着，详详细细、清清晰晰地交代我一个男人的地址和姓名。

因为这样一件事，就值得把我从温暖的被窝里薅出来吗？我睡眼惺忪地问。

这就是我的那个他呀，我每天要给他写一封信，传达室的老头都认识我的字迹啦！我想换种笔体，这样他取信时就不会难为情啦！

哦！我的女友！我对着黑漆漆的玻璃窗做了一个鬼脸：为了她的男友，她可不怕叨扰自己的女友！

我也会在某个刹那下意识地抚摸电话键，好像扪及一串润滑的珍珠。

你好。我对一位女友说。

　　你好。她说，有什么事吗？她清清凌凌地问，一点儿不惊讶，好像预知我在这个时刻会找她。

　　没什么事，只是，想找人说说话……你们那里下雨了吗？我沉吟着，继续组织着自己语言的阶梯。

　　下了，雨不小也不大。她平静地回答。

　　我很想到雨里去行走，很喜欢在坏天气的时候，到湖里去划船……我突然很急切地对她说。

　　嗯，你此时心情不好。她说，我们每个人都有这种时候，忍一忍就会过去。不要紧，做饭去吧，择菜去吧，看一本喜爱的书……要不然就真的到风雨中去走走吧，不过，可要穿上风衣，撑起雨伞，最起码也需戴上斗笠……

　　我的心在这柔柔的劝慰之下，终于像黄昏的鸽群，盘旋之后，悄然落下。

　　每一位女友，都是一幅清丽的画。每一次谈话，都是一盏温馨的茶。我们互相凝眸，我们互相温暖，岁月便在女人们的谈话中慢慢向前推进。

我和瑞恩妈妈
的不同

Wan
An

那是1998年的一天，加拿大的6岁男孩瑞恩刚一放学，就急急忙忙跑回家，向妈妈伸出手说，给我70块钱，我要给非洲的孩子修一口井。原来，老师在给一年级的孩子们上课时说，非洲的孩子没有玩具，没有粮食和药品，甚至连洁净的水也喝不上，成千上万的孩子就这样死去了。瑞恩听了非常难过。老师接着告诉大家，一分钱可以买一支铅笔，25分可以买175粒维生素药片，一块钱可以吃一顿饱饭，两块钱可以买一条毯子，而70块钱，可以挖一口井。

6岁的瑞恩下了一个决心：明天我要带来70块钱，我要为非洲的孩子挖一口井。

这说的是故事的由来。对于瑞恩的想法，我倒不觉得奇怪，孩子嘛，基本上都是富有爱心和怜悯之情的，他们常常想入非非。虽然成人世界有很多阴郁，但我们教育孩子的时候，总要以阳光和温暖为主。当我看到这里的时候，倒是为瑞恩的妈妈苏珊捏了一把汗——怎么回答呢？

苏珊是一家娱乐委员会的顾问，丈夫马克是警察。也就是说，他们是加拿大的工薪阶层，家里共有三个男孩，瑞恩是中间的一个。苏珊对瑞恩说，70块钱太多了，我们负担不起。

我松了一口气。是的，要是我，我也这么说。要是孩子的每一个善良的愿望都付诸实施，几乎所有的家庭都能破产。

瑞恩没有放弃自己的请求，只要一有时间，他就向父母重复这个愿望。苏珊和马克不得不认真对待这件事了，他们讨论之后，向瑞恩宣布了一个方案：我们不能白白地给你这些钱，如果你真的想得到，你可以自己去赚。

苏珊在电冰箱上放了一个旧饼干盒子，画了一个积分表，上面有35条线。饼干盒子里每增加两块钱，瑞恩就可以涂掉一个格子。妈妈对眼巴巴的儿子说，你只有做完额外的家务活，才能得到报酬。你以前做的那些不算。

瑞恩答应了。6岁的孩子开始吸地毯，足足干了两个多小时，妈妈验收之后，在饼干盒子里放下了最初的两块钱。瑞恩开始帮邻居捡大风吹落的树枝，从此不再买玩具，别人看电影的时候，他擦窗户……就这样开源节流，整整4个月之后，瑞恩攒够了70块钱。

苏珊托了朋友多方打听，找到了一个名叫"水罐"的组织，他们负责到非洲打井。苏珊带着隆重地穿上了小西服的瑞恩到了那里，人们告知他们，70块钱只够买一个水泵，挖一口井需要2000块钱。瑞恩说，那好吧，以后我干更多的活儿，攒够这笔钱。

苏珊和马克真是发愁了，就算他们的小儿子再不辞劳苦地干家务，可是他们付不出这笔工资啊。

苏珊的朋友被感动了，用电子邮件把瑞恩的故事传了出去。后来当地报纸登出了这个故事，名字就叫"瑞恩的井"。许多人看了报道，把钱寄给"瑞恩的井"。他的父母为了管理这些钱，专门成立了"瑞恩的井基金会"，在乌干达安格鲁打下了第一口井，现在，这个基金会的筹款已经达到了75万加元，正在帮助更多的非洲人实现喝洁净的水的愿望。

瑞恩作为唯一的加拿大人，被评为"北美十大少年英雄"，并得到加拿大总督颁发的国家荣誉勋章。面对着这样辉煌的荣誉，瑞恩今后将何去何从？苏珊说，瑞恩他已经做得够多的了，如果他选择放弃，我们绝不会勉强他。就是说，如果瑞恩决定放弃他的井，他的爸爸妈妈如同当年支持他打井一样，也支持他关井。

我不由得想起，如果我有瑞恩这样一个孩子，我该如何应对？

我想首先在瑞恩提出要给非洲的小朋友捐一口喝水的井时，假如我心情不佳，我会不耐烦地挥挥手说，这都是大人们管的事，你还小，操那么多心干什么？快写作业去！

假如我心情不错，也许会拿出一张世界地图，指着非洲对他说，你知道非洲在哪儿？看见了吗？在这里，离咱们十万八千里呢！就算你真有一片爱心，也得等你长大了再说。好了，睡觉去吧，梦中你就能到非洲。

如果我的孩子一定要捐70块用来打井，如果我是一个富人，我会说，好，你来亲亲妈妈的脸，妈妈就给你这70块钱。我的孩子多懂事啊，多么有爱心啊。

如果我手头拮据，我会悻悻地说，你还想做家务挣钱给非洲人，我天天都在家做家务，谁给我钱了？做家务是挣不来这些钱的，你的算盘打错了，有这个时间，你多读点书比什么都好，自己的事情都拉扯不清，连稀粥都快喝不上了，还搭理什么非洲！

如果我的孩子真的不畏艰难，靠自己的努力攒够了70块钱，委托我把它捐到非洲去，我会把它暗暗收起，然后对他说，我已经把钱寄出去了，非洲那地方很远，你别着急，也许很久之后才会有回音呢！当我几乎忘掉此事的时候，孩子问起，我就会支支吾吾地说，哦，那些钱……当然了，是的，寄出去了，你知道非洲离我们万水千山，他们很难和咱们联系得上，总之我相信他们肯定收到了……当我说这些话的时候，舌头直打结。那笔钱已经变成了红烧凤爪或是一套课辅教材，叫我如何交代得出确切下落？

就算是我没有贪污孩子打井的资助，我也不可能为他设立一个基金会。我会觉得这是多此一举，是没事找事自寻烦恼，我一天为了自家的柴米酱醋盐还掰不开镊子呢，哪里顾得上非洲！也许对当年记挂着亚非拉三分之二受苦难的人民一事印象太深，我现在格外地愿意关注自家。

好了，就算是我为他设立了一个基金会，得到了社会各界的认可和支持，就算我的孩子得到了十佳少年的称号，上报上电视上广播，我和苏珊最大的分歧也将暴露出来。我无论如何也不能让他停下来。哪怕是他疲倦了，我越俎代庖也要鞭策他保持晚节（对这么小的孩子，也许不能说晚节，那就是早节吧）。哪怕是他厌倦了，我就是打着骂着哄着，也要让他在舆论面前惟妙惟肖地表演爱心。哪怕是他兴趣转移，我也要千方百计地敦促他一如既往地维持下去，既然已经走到了这一步，就好比是上了一条金光闪闪的传送带，怎能轻言退下？光环簇拥着，不能善罢甘休。无论如何也要咬牙挺到被保送上了名牌大学，把这个小英雄的内在价值充分利用起来。非洲的井里没有水，在我这个妈妈的心里，是远远比不上孩子的前途和读书重要的。

　　我并非一个特别自私的特例。当瑞恩和妈妈一道来中国，在我们的电视台做客的时候，观众问得最多的问题是：瑞恩这样关注非洲的井，不会影响到他的学习吗？这个问题被问到的次数之多，连翻译都说不耐烦了。

　　也许我的孩子和瑞恩没有太大的不同，但我和瑞恩的母亲实在是有很多的不同，这些不同，不仅仅是经济上的差异，还有文化和传统上的不同，比如我们会把一个孩子读书的成绩，看成是唯此为大的事情，相信仓廪足然后知荣辱，以为爱是建筑在物质的富裕之上的奢侈。值得反思的不是我们的孩子，而是我们自己。虽然从时间顺序上看起来是先有了瑞恩的想法，然后才有了支持瑞恩的妈妈的行动，其实，是先有了瑞恩的妈妈，才有瑞恩。不仅是从生理的意义上来说，从思想的意义也是如此。

○ 男人和女人
的区别

Wan
An

　　做医生的时候，常常接生。男婴和女婴的区别，就在那小小的方寸之间。后来，男孩和女孩长大了，一个头发短，一个头发长；一个穿短裤，一个穿裙衫。这是他人强加给男人和女人最初的区别，他们其实还在混沌之中。后来，曲线们出来了，肌肉们出来了。这些名叫第二性征的桨，把男人和女人的涟漪渐渐划出互不相干的圆环。

　　遇到过一个女病人，因为病重，需要持续地应用雄激素。那是一种黏稠的胶水样物质，往针管里抽的时候非常困难，好像黄油。那药瓶极小，比葵花子大不了多少。每个星期打两针，量也不算大。药针就那样一管管打下去，不知从哪一天开始，以前那个清秀的女孩，像蝉蜕悄然殒落。一个音色粗哑、须发苍黑、骨骼阔大、满脸粉刺的鲁莽汉子蹒跚地出现在我们的面前，以至于同屋的一个女病人嗫嚅地对我说，她还算女人吗？我想换到别的屋。

男人也有用雌激素的，比如国际驰名的人妖。任凭你有再好的眼力，也看不出他们与天然的女人有何区别。

我端详着装着雌雄两种激素的小瓶，在医学里它们被庄严地称为"安瓿"——英文"AMPOULE"的音译。意思是密封的小注射剂瓶。两种激素的作用虽有天壤之别，但外观是那样的相似，像新鲜松香黏而透明。敲开安瓿闻一闻，也没有什么特别的气味。

但男人和女人的巨大差别就蕴藏在这柔润的液体里。这魔幻的药水里，有尖锐的喉结、细腻的肌肤、温婉的脾性和烈火般的品格。它使所有男人和女人的神秘，都简化成一个枯燥的分子式。它是上帝之手，可以任意制造美女和伟男。它是点石成金的造化，把人类多少年的雕琢浓缩到短暂的瞬间。

人关于自身最玄妙的谜语，被这淡黄色的油滴践踏。所有男人和女人各自引以为豪的差别，只不过是两个小小的安瓿而已。

假如你把玻璃瓶上的字迹擦掉，你就分不清它到底是哪一种激素。

两个一模一样的安瓿，这就是男人和女人的全部区别。

我们沉默。我们黯淡。科学就是这样清脆地击落神话和谎言，逼迫人们面对赤裸裸的真实。

男人和女人的区别究竟在哪里？

他们犹如南极和北极，蒙着一样的冰雪，裹着一样的严寒，但他们南辕北辙，永不重叠。

性征是不足以强调的，它们已在冰冷的手术台上，被人千百次地重新塑造。甚至女性赖以骄人的生育，也已被清澈的试管代替。生物的自然属性淡化为一连串简洁的符号。假如今日还有人以自己的性别特征为资本，喋喋不休，那实在是悲哀和愚蠢。

我们寻找，男人和女人的区别。

那区别不在生理而在心理，不在外表而在内心。人类文明进程的天空愈晴朗，太阳和月亮的个性愈分明。

男人和女人都做事业。男人是为了改造这个世界，女人是为了向世界证明自己。

男人为了事业，可以抛却生命和爱情。他们几乎从一开始的时候就下了必死的决心，愿意用一生去殉事业。男人崇尚死，以为死是最壮丽的序言和跋。因而男人是悲壮的动物。

女人为了事业，力求生命与爱情两全。她们在两座陡壁中艰难地攀登，眼睛始终注视着狭隘的蓝天。她们总相信在生命的最后一分钟会出现奇迹，她们崇尚生。在她们的潜意识里，自己曾经制造过生命，还有什么制造不出来的呢？女人是希望的动物。

男人的感情像一只红透了的苹果，可以分割成许多等份，每一份都香甜可口。当然，被虫子蛀过的地方除外。

女人的感情像一洼积聚缓慢的冷泉，汲走一捧就减少一捧，没有办法叫它加速流淌。假如你伤了那泉眼，泉水会在瞬间干涸。所以女人有时候会显得莫名其妙。

男人的内心像一颗核桃，外表是那样坚硬，一旦砸烂了壳，里面有纵横曲折的闪回，细腻得超乎想象。

女人的内心像一颗话梅，细细地品，有那么复杂的滋味。咬开核，里面藏着一个五味俱全的苦仁。

男人的胸怀大，所以他们有时粗心。女人的心眼小，所以她们会斤斤计较。

男人的脚力好，所以他们习惯远行。女人的眼力好，所以她们爱停下来欣赏风景。

男人和女人都要孩子。男人是为了找到一个酷像自己的人，自己没做完的事还等着他去做呢。女人是为了制造一个崭新的人，做一番自己意想不到的事。

男人和女人都吃饭。男人吃饭是为了更有力气，所以他们总是狼吞虎咽。女人吃饭是因为必须要吃，所以她们总是心不在焉。

男人和女人都穿衣。男人穿衣是为了实用，所以他们冬着皮毛夏套短裤，只管自己惬意。女人穿衣是为了美丽，所以她们腊月穿裙子三伏披有帽子的风衣，很在乎别人的评议。

男人遇到伤心事的时候，把眼泪咽到肚里，所以他们的血液就越来越咸，心像礁石，虽然有孔，但是很硬。女人遇到伤心事的时候，就把眼泪洒在地上，所以她们的血液就越来越淡，像矿泉水一样，比较甜，比较晶莹。

男人爱把自己的忧郁藏起来，觉得忧郁是一件丢脸的事情。女人爱把忧郁涂在自己的脸上，好像那是一种名贵的粉底霜。

男人把屈辱痛苦愤怒都化为力量。他们好像一只热火朝天的炉子，无论什么东西抛进去，都能成为燃料，呼呼地烧起来。水哗哗地开了，喧嚣的蒸汽推着男人向前走。

女人将所有的苦难都凝聚为仇恨。无论伤害的小路从哪里开始，都将到达复仇的城堡。然而女性的报复是一把双刃的剑，它在刺伤仇人的同时也刺伤女人。甚至它刺伤主人在先。然而女人正是见到仇人的血与自己的血流在一起，才会心安，才感到复仇的真实。假如自己毫发无损，即使对方血流成河，她们也觉得不可靠，不扎实。她们有一种同归于尽的渴望。

男人在欢庆胜利的时候，马上考虑把战果像面包似的发起来。胜利像毒品一样，刺激他们更大的欲望。女人在欢庆胜利的时候，想的是赶快把苹果放到冰箱里保存起来。胜利像电扇，吹得她们更清醒。于是男人多常胜将军也多一败涂地的草寇，女人多稳练的干家，却乏恢宏的大手笔。

　　男人会喜欢很多的女人，在他一生的任何时候。女人会怀念一个唯一的男人，在她行将离开这个世界的瞬间。

　　男人和女人的区别太多太多。它们像骨髓，流动在最坚硬的地方。当我们说某某像个女人的时候，我们已使女人抽象。当我们说某某像个男人的时候，我们指的其实是一种类型。剔掉了世俗的褒贬之意，原野上剩下了孤零零的两棵树。两棵树都很苍老，年轮同文明一般古旧。它们枝叶繁茂，上面筑满鸟巢。

　　它们会走到一处吗？

　　无所谓高下，无所谓短长，无所谓优劣，无所谓输赢。它们各自沐着风雨，在电闪雷鸣的时候，打个招呼。

　　男人和女人的区别，地久天长。

Wan
An

幸福盲

若干年前，看过报道，西方某都市的报纸，面向社会征集"谁是世界上最幸福的人"这个题目的答案。来稿很踊跃，各界人士纷纷应答。报社组织了权威的评审团，在纷纭的答案中进行遴选和投票，最后得出了三个答案。因为众口难调意见无法统一，还保留了一个备选答案。

按照投票者的多寡和权威们的表决，发布了"谁是世界上最幸福的人"的名单。记得大致顺序是这样的：

一、给病人做完了一例成功手术，目送病人出院的医生。

二、给孩子刚刚洗完澡，怀抱婴儿面带微笑的母亲；

三、在海滩上筑起了一座沙堡的顽童，望着自己的劳动成果。

备选的答案是：写完了小说最后一个字的作家。

消息入眼，我的第一个反应仿佛被人在眼皮上涂了辣椒油，然而十分怀疑它的真实性。这可能吗？不是什么人闲来无事，编造出来博人一笑的恶作剧吧？还有几分惶惑和恼怒，在心扉最深处，是震惊和不知所措。

也许有人说，我没看出这消息有什么不对头的啊？再说，这正是大多数人对幸福的理解，不是别有用心或是哗众取宠啊！是的是的，我都明白，可心中还是惶惶不安。当我静下心来，细细梳理思绪，才明白自己当时的反应，是一种深入骨髓的悲哀。原来我是一个幸福盲。

为什么呢？说来惭愧，答案中的四种情况，在某种程度上，我都一定程度地拥有了。我是一个母亲，给婴儿洗澡的事几乎是早年间每日的必修。我曾是一名医生，手起刀落，给很多病人做过手术，目送着治愈了的病人走出医院的大门的情形，也经历过无数次了。儿时调皮，虽然没在海滩上筑过繁复的沙堡（这大概和那个国家四面环水有关），但在附近建筑工地的沙堆上挖个洞穴藏个"宝贝"之类的工程，肯定是经手过了。另外，在看到上述消息的时候，我已发表过几篇作品，因此那个在备选答案中占据一席之地的"作家完成最后一个字"之感，也有幸体验过了。

我集这几种公众认为幸福的状态于一身，可我不曾感到幸福，这真是莫名其妙而又痛彻的事情。我发觉自己出了问题，不是小问题，是大问题。这个问题如果不解决，我所有的努力和奋斗，犹如沙上建塔。从最乐观的角度来说，即使是对别人有所帮助，但我本人依然是不开心的。我哀伤地承认，我是一个幸福盲。

我要改变这种情况。我要对自己的幸福负责。从那时起，我开始审视自己对于幸福的把握和感知，我训练自己对于幸福的敏感和享受，我像一个自幼被封闭在洞穴中的人，在七彩光线下学着辨析青草和艳花、朗月和白云。体会到了那些被黑暗囚禁的盲人，手术后一旦打开了遮眼的纱布，那份诧异和惊喜，那份东张西望的雀跃和喜极而泣的泪水，是多么自然而然。

哲人说过，生活中缺少的不是美，而是发现美的眼睛。让我们模仿一下他的话：生活中也不缺少幸福，只是缺少发现幸福的眼光。幸福盲如同色盲，把绚烂的世界还原成了模糊的黑白照片。拭亮你幸福的瞳孔吧，就会看到被潜藏被遮掩被蒙昧被混淆的幸福，就如美人鱼一般从深海中升起，哺育着我们。

○失恋，究竟你
失去什么

一个身材高大的男青年倚在一个瘦弱的女子身上，踉踉跄跄地走进心理咨询中心。工作人员以为他患了重病，忙说，我们这里主要是解决心理问题的，如果是身体上的病，您还得到专科医院去看。

女子搀扶着男青年坐在沙发上，气喘吁吁地说，他叫瞿杰，是我弟弟。我们刚从专科医院出来，从头发梢到脚后跟，检查了个底儿掉，什么毛病都没查出来。可他就是睡不着觉，连着十天了，每天二十四小时，什么时候看他，他都睁着眼，死盯着天花板，任啥话也不说。

各种安眠药都试过了，丝毫用处都没有。再这样下去，就算什么病也不沾，人也会活活熬死。专科医院的大夫也没辙了，让我们来看心理咨询。求求你们伸出援手，救救我弟弟吧！

姐姐涕泪交流，瞿杰仿佛木乃伊，空洞的目光凝视着墙上的一个油墨点，无声无息。

瞿杰进了咨询室，双手拄着头，眉锁一线，表情十分痛苦。

我说："睡不着觉的滋味非常难受，医学家研究过，一个人如果连续一周不睡觉，精神就会崩溃，离死亡就不远了。"

"你以为是我不愿意睡觉吗？你以为一个人想睡就睡得着吗？你以为我失眠是我的责任吗？你以为我就不知道人总是睡不着觉就会死的吗？"瞿杰突然咆哮起来，用拳头使劲击打着墙壁，因为过分用力，他的指节先是变得惨白，继而充血发暗，好像箍着紫铜的指环。

我平静地看着他，并不拦阻。他需要一个发泄，虽然我暂时还不知道导致他失眠和强烈情绪的原因是什么，但他能够如此激烈地表达情绪，较之默默不语就是一个进步。燃烧的怒火比闷在心里的阴霾发酵成邪恶的能量，好过千倍。

至于他把怒火转嫁到我身上，我一点儿也不生气。虽然他的手指指点的是我，唾沫星子几乎溅到我脸上，指名道姓用的是"你"，似乎我就是令他肝胆俱碎的仇家，但我知道，这是情绪的渲染和转移，并非和咨询师个人不共戴天。

一番歇斯底里的发作之后，瞿杰稍微安静了一点儿。

我说："你如此憎恨失眠，一定希望能早早逃脱失眠的魔爪。"

他翻翻黯淡无光的眼珠子说："这还用你说吗？"

我说："那咱们俩就是一条战壕的战友了，我也不希望失眠害死你。"

瞿杰说："失眠是一个人的事情，你就是愿意帮助我，你又有什么用！"

我说："我可以帮你找找原因啊。"

瞿杰抬起头，挑衅地说："好啊，你既然说要帮我，那你就说说我失眠到底是什么原因吧！"

我又好气又好笑，说："你失眠的原因只有你自己知道，你要是不愿意说，谁都束手无策。要知道，失眠的是你而不是我。你若是找不到原因，或是找到了原因也不说，把那个原因像个宝贝似的藏在心里，那它就真的成了一个魔鬼，为非作歹地害你，直到害死你，别人也爱莫能助，无法帮到你。"

瞿杰苦恼万分地说："不是我不说，是我真的不知道为什么失眠。"

我说："你失眠多长时间了？"

瞿杰说："十天。"

我说："在失眠的时候，你想些什么？"

瞿杰说："什么都不想。"

　　我说："人的脑海是十分活跃的，只要我们不在睡眠当中，我们就会有很多想法。你说你失眠却好像什么都不想，这很可能是因为有一件事让你非常痛苦，你不敢去想。"

　　瞿杰有片刻挺直了身子，马上又萎顿下去，说："你是有两下子，比那些透视的 X 光共振的核磁什么的要高明一点儿。他们不知道我脑子里想的是什么，你猜到了。我承认你说得对，是有一件事发生过……我不愿意再去想它，我要逃开，我要躲避。我只有命令自己不想，但是，大脑不是一个好的士兵，它不服从命令，你越说不想它越要想，这件事就像河里的死尸，不停地浮现出来。

　　"我只有一个笨办法，就是用其他的事来打岔，飞快地从一件事逃到另外一件事，好像疯狂蔓延的水草，就能把死尸遮挡住了。这法子刚开始还有用，后来水草泛滥成灾，死尸是看不到了，但脑子无法停顿，各种各样的念头在翻滚缠绕，我没有一时一刻能够得到安宁，好像是什么都在想，又像是什么都不想，一片空白……"说到这里，他开始用力捶击脑袋，发出空面袋子的噗噗声。

　　我表面上镇静，心里还是有点担心，怕这种针对自我的暴力弄伤了他的身体，做好了随时干预的准备。

　　过了一会儿，他打累了，停下来，呼呼喘着粗气。我说："你对抗失眠的办法就是驱动自己不停地想其他的事情，以逃避那件事情。结果是脑子进入了高速旋转的状态，再也停不下来。你现在告诉我，那件让你如此痛苦不堪的事情，究竟是什么呢？"

他迟疑着，说："我不能说。那是一个妖精，我好不容易才用五花八门的事情把它挡在门外，你让我说，岂不是又把它召回来了吗？"

我说："我很能理解你的恐惧，也相信你让自己的大脑，不停地从一个问题跳到另外一个问题，用飞速旋转抗拒恐怖。在最初的阶段，这个没有法子的法子，在短时间内帮助过你，让你暂时与痛苦隔绝。但是，随着时间的延续，这个以折磨取胜的法子渐渐失灵了。你变得疲惫不堪，脑子也没办法进行正常的思维和休息，你就进入了混乱和崩溃，这个法子最终伤害了你……"

瞿杰好像把这番话听了进去，用手撕扯着头发。我不想把气氛搞得太压抑，就开了个玩笑说："依我看啊，你是饮鸩止渴。"

瞿杰好奇地问："鸩是什么？渴是什么？"

我说："渴就是你所遭遇到的那件可怕的事情。鸩就是你的应对方法。如今看来，渴还没能把你搞垮，鸩就要让你崩溃了。渴是要止住的，只是不能靠饮鸩。我们能不能再寻找更有效的法子呢？况且直到现在，你还那么害怕这件事卷土重来，说明渴并没有真正远离你，鸩并没有真正地救了你。如果把这个可怕的事件比作一只野兽，它正潜伏在你的门外，伺机夺门而入，最终吞噬你。"

瞿杰的身体直往后退缩，好像要逃避那只野兽。我握住他的手，给他一点儿力量。他渐渐把身体挺直，若有所思地说："您的意思是我们只有把野兽杀死，才能脱离苦海，而不是只靠点起火把敲响瓶瓶罐罐地把它赶走？"

我说："瞿杰你说得非常对。现在，你能告诉我那只让你非常恐惧的野兽是什么吗？"

瞿杰又开始迟疑，沉默了漫长的时间。我耐心地等待着他。我知道这种看起来的沉默，像表面波澜不惊的深潭，水面下风云变幻，正进行着激烈的思想斗争——说还是不说？

终于，瞿杰张开了嘴巴，舔着干燥的嘴唇说："我……失……恋了。"

原本我以为让一个英俊青年如此痛不欲生的理由，一定惊世骇俗，不想却是十分常见的失恋，一时觉得小题大做。但我很快调整了自己的思绪，认真回应他的痛楚。心理问题就是这样奇妙，事无大小，全在一心感受。

任何事件都可能导致当事人极端的困惑和苦恼，咨询师不能一厢情愿地把某些事看得重于泰山，而轻视另外一些事情，以为轻若鸿毛。唯有当事人的情绪和感受，才是最重要的风向标。

我点点头，说："谢谢你对我的信任。失恋的确是非常令人惨痛的事情，有时候足以让我们颠覆，怀疑整个世界。"

瞿杰说："我没有把这件事告诉任何人。"

我说："你不说，一定有你不说的理由。"

瞿杰说："没想到你这样理解我。你知道我为什么不说吗？"

我老老实实地回答："不知道。如果你告诉了我，我就知道了。"

瞿杰说："你看我条件如何？"

我说："你指的条件包括哪些方面的呢？"

瞿杰说："就是谈恋爱的条件啊。"

我说："每一代人都有每一代人的条件，我的眼光可能比较古旧了，说得不对供你参考。依我看来，你的条件不错啊。"

瞿杰第一次露出了笑容说："岂止是不错，简直就是优等啊。你看我，一米八三的高度，校篮球队的中锋，卡拉OK拿过名次，功课也不错，而且家境也很好，连结婚用的房子家里都提前准备了……"

我说："万事俱备，只欠东风了。"

瞿杰说："是啊，这个东风就是一位女朋友。"

我说："你的女朋友究竟是一个怎样的人呢？"

瞿杰说："人们都以为我的女朋友一定是倾国倾城貌的淑女，不敢说一定门当户对，起码也是小家碧玉……可我就是让大家大跌眼镜，我的女朋友条件很差，长得丑，皮肤黑，个子矮，家里也很穷，但很有个性……得知我和她交朋友，家里非常反对。我说，我就是喜欢她，如果你们不认这个媳妇，我就不认你们。话说到这个地步，家里也只好默许了。

"总之，所有的人都不看好我的选择，但我义无反顾地爱她。可是，没想到，她却在十一天前对我说，她不爱我了，她爱上了另外一个人……我以前听说过天塌地陷这个词，觉得太夸张了，就算地震可以让土地裂缝，天是绝对不会塌下来的，但是在那一瞬，我真正明白了什么是乾坤颠倒地动山摇。我被一个这样丑陋的女人抛弃了，她找到的另外一个男人和我相比，简直就是一堆垃圾，不不，说垃圾都是抬举了他，完全是臭狗屎！"

瞿杰义愤填膺，脸上写满了不屑和鄙夷，还有深深的沮丧和绝望。

事情总算搞清楚了，瞿杰其实是被这种比较打垮了。我说："这件事的意义对于你来说，并不仅仅是失恋，更是一种失败和耻辱。"

瞿杰大叫起来："你说得对，就像八国联军入侵，我没放一枪一炮就一败涂地丧权辱国。如果说我被一个绝色美女抛弃了，我不会这么懊丧。如果说我被一个高干的女儿或是富商家的小姐甩了，我也不会这么愤慨。或者说啦，如果她看上的是一个美男帅哥大款爵爷什么的，我也能咽下这口气，再不干脆嫁了个离休军长，我也认了……可您不知道那个男生有多么差，我就想不通我为什么会败在这样一个人渣手里，我冤枉啊……"

看到瞿杰把心里话都一股脑地倾倒出来，我觉得这是很好的进展。我说："我能体会到你深入骨髓的创伤，其实你最想不通的还不是失恋，是在这样的比较中你一败涂地溃不成军！"

瞿杰愣了一下，说："你的意思是说我的痛苦不是失恋引起的？"

我说："表面上看起来，是失恋让你痛不欲生。但是刚才你说了，如果你的前女友找的是一个条件比你好的男生，你不会这么难过。或者说如果你的前女友自身的条件要是更好一些，你也不会这样伤心。所以，我要说，你的失败感和失恋有关，但更和其他一些因素有关。"

瞿杰若有所思道："你这样一讲，好像也有一点儿道理。但是，如果没有失恋，这一切都不会发生啊。"

我说："如果没有失恋，也许不会这样集中地爆发出来，但是恕我直言，你是不是经常在和别人的比较当中过日子？"

瞿杰说："那当然了。如果没有比较，你怎么能知道自己的价值？"

我说："瞿杰，这可能就是问题的关键所在了。其实，一个人的价值并不在和别人的比较之中，而是在自己的掌握之中。就拿你自己来当例子，你的条件和十一天以前的你，有什么大的变化吗？"

瞿杰说："除了睡不好觉，体重减轻、头发掉了一些之外，似乎并没有其他的变化。"

我说："对啊，那么，你对自己的评价有什么变化吗？"

瞿杰说："当然有了。比如我觉得自己不出色不优秀不招人喜爱前途黯淡了……"

我说："你的篮球还打得那样好吗？"

瞿杰不解地说："当然啦。只是我这几天没有打篮球，如果打，一定还是那样好。"

我又说："你的歌唱得还好吗？"

瞿杰说："这个没有问题。只是我现在没有心思唱歌。如果唱哀伤的歌儿，也许比以前唱得还好呢。"

我接着说："你的学习成绩怎样呢？"

瞿杰好像明白了一些，说："还是很好啊。"

我最后说："你的个头怎样呢？"

瞿杰难得地笑出声来，说："您可真逗，就算我几天几夜不吃饭不睡觉，分量上减轻点，骨头也不会缩啊。"

我趁热打铁说："对呀，你还是那个你，只是这其中发生了失恋，一个女生做出了她自己的选择……我们还不完全知道她是因为什么做出这样的决定，但你只有接受和尊重这个决定，这是她的自由。两个相爱的人因为种种原因不能走到一起，固然是一

瞿杰一坐上出租汽车马上就进入了深深的睡眠，
睡得香极了，还说梦话，
说：我不灰心，我不怕
……

睡得口水都流出来了；
好像一个甜甜的婴儿。

件令人伤感的事情，但感情的事是不能勉强的。世上无数的人经受过失恋，但从此一蹶不振跌倒了就爬不起来的人毕竟有限。瞿杰，我看你面对的并不是担心自己以后找不到女朋友，而是更深处的忧虑。"

瞿杰说："您说得太对了。寝室的男友知道我失恋的事，总是说，依你的条件这样好，还怕找不到好姑娘吗？别这么失魂落魄的，看哥儿们下午就给你介绍一个漂亮姑娘。他们不知道我心里的苦，并不是担心自己以后找不到老婆，而是想不通为什么会被人行使了否决权，我觉得自己在人格上输光了血本。"

我说："瞿杰，谢谢你这样勇敢地剖析了自己的内心，失恋只不过是个导火索，它点燃的是你对自己评价的全面失守，你认为女友的离开是地狱之门，从此你的人生黑暗。你看到她的新男友，觉得自己连一个这样的人都不如，就灰心丧气全盘否定了自己。"

在长久的静默之后，瞿杰的脸上渐渐现出了光彩，他喃喃地说："其实我并没有失败？"

我说："失恋这件事也许已成定局，但是人生并不仅仅是爱情，还有很多重要的事情在等待着你。再说，就是在爱情方面，你也并不绝望，依然有得到纯美爱情的可能性啊。"

瞿杰深深地点点头，说："从此我不会再从别人的瞳孔中寻找对我的评价，我会直面失恋这件事情……"

　　瞿杰还是被姐姐扶着走出咨询中心的。他的眼睛因为极度的困倦已经睁不开，靠在姐姐肩头险些睡着。大约一个半小时之后，工作人员说瞿杰的姐姐电话找我。我以为瞿杰有了什么新情况，赶紧接过电话。

　　瞿杰的姐姐说："我带着瞿杰，现在还在出租汽车上。"

　　我说："你们家这么远啊？"

　　瞿姐姐说："车已经从我们家门口路过好几次了。"

　　我说："那你们为什么像大禹治水一样，路过家门而不入？"

　　瞿姐姐说："瞿杰一坐上出租汽车马上就进入了深深的睡眠，睡得香极了，还说梦话，说：我不灰心，我不怕……睡得口水都流出来了，好像一个甜甜的婴儿。这些天他睡不着觉非常痛苦，看到他好不容易睡着了，我不敢打扰他，就让出租车一直在街上兜圈子，绕了一圈又一圈，车费都快两百块钱了。我怕一旦把他喊起来，又进入无法成眠的苦海。可他越睡越深沉，没有一点儿醒来的意思，我也不能一直让车拉着他在街上跑。我想问问您，如果把他喊醒下车回家，他会不会一醒过来就又睡不着觉了？我好害怕呀！"

　　我说："不必担心，你就喊醒他下车回家吧。如果他还睡不着觉，就请他再来。"瞿杰再也没有来。

○ 生病
也是生活

Wan
An

多年来，我在创作中基本遵循着一个原则：小说可以虚构，但散文几乎都是真事。二者在我这里的区别，大致相当于艺术摄影和纪实的老照片。我们之所以今天还对那些遥远年代的泛着橙黄色的卷边照片，双眸聚焦心存暖意——因为它们曾经的真实。

《学会看病》这篇小文，讲的是我和儿子的一个生活片段，几乎完全是原始风貌，我不过是按照时间的顺序直接记录下来。

这篇小文选给五年级的孩子们看，真是十分合适。事情发生的年代，我儿子正巧也是这个年龄段，同学们读起来，也许会有几分亲切感。这些年来，我碰到过若干位家长，跟我说他们喜欢这篇文章，有几位干脆说他们曾模仿这篇文章描写的步骤，让病中的孩子独自去看病。

人是会病的，孩子也不能幸免。生病也是生活的一部分，父母不能包办一切。我一直秉承这一思路，来处理自己和孩子的关系。

父母爱孩子，是天性和本能。如何教育孩子，需要学习和实践，本能管不了那么多。孩子一天天长大，能做的事情、能思考的问题逐日增加，越来越多。一切都是在潜移默化中发生，并没有什么人正儿八经地向我们宣告骤变从哪一个时刻开始。爸爸妈妈这个职务，是世界上最难胜任的角色之一，充满了艺术性和不确定性。

我是医生出身，始终觉得生病不要大惊小怪，不过是生活的颤音，只有按部就班欣然接受，从容面对。看过一个纪录片，说的是狮子如何教后代捕获猎物，妈妈非常认真和周到，甚至不惜向小狮子发脾气，撕咬它们，以求让孩子们学习正确的捕猎方法……我很感动，心想着一个动物尚且如此言传身教，作为人类的母亲，爱孩子要有目的有步骤地训练孩子奔跑和翱翔的能力。

有一位女性告诉我，儿子上大学在武汉，某天早上起来不舒服，请了假躺在床上。到了中午，觉得身上发冷，可能是发烧了。同学们到校外参观，也没人回来。男生很害怕，就给他远在北京的妈妈打电话，说："我快要死了，快救救我。"妈妈说："你赶快到医院去看病。"他说："我不会看病。"妈妈百般无奈之下，给当地一个朋友打电话，求他放下自己的工作，到某大学宿舍楼，带自己的孩子去看病。那个朋友就打车过去，跨过长江到了大学区，好容易找到男孩，把他送到医院，最后诊断是重感冒。这位妈妈对我说："我要是早点看到你的这篇文章就好了，也不必让人家跨过长江去救我的孩子。"

我的这篇小文是从一个妈妈的眼光和心情来写的，不知道孩子们能不能体会母亲的百感交集——那种既想让孩子锻炼成长，又怕孩子遭受磨难的复杂心理。结尾部分"聊胜于无"一句，可能稍微有点绕。

我的本意是：无论一个妈妈对自己的孩子倾注多少心血，每个人的路还是要自己走。当长辈的只能为孩子们提供一张大致的路线图，可能和现实生活还有很大距离。归根结底，路是要自己走的。

我有一个小小的建议，给同学们布置一个作业：到医院去一趟，搞清楚看病的程序。或者描写一件发生在医院的事情。这对拓展孩子们的视野，也许有帮助。

○女儿，你是在
织布吗

Wan
An

在我正式写作十年以后，当我44岁的时候，完成了生平第一部长篇小说，名为《红处方》。在这之前，我一直在踌躇，自己要不要写长篇小说？因为它对人的精神和体力，都是一场马拉松。我是个青年时代遭过苦的人，对所有长途跋涉的行动，都要三思而后行。我甚至想过是不是一辈子不写长篇小说？因为有好几位我所尊敬的作家，写完长篇后撒手人寰，使我在敬佩的同时，惊悸不止，最后还是决定写，因为我心中的这个故事，像一颗泡过水的黄豆，不断膨胀着，呼唤着我。

写作也像做衣服，先要有材料。鲁迅先生所说，宁可将小说素材压成速写，不可将作速写的材料拉成小说，讲的便是量体裁衣的规则。在我对生活感受的储存里，有许多材料，它们像一些彩色的布头，每当我打开包袱皮，就闪烁着翻滚着跳到眼前，拼命表现自己，希望早些进入笔下。我总是慢慢地审视着它们，估摸着自己裁剪缝纫的技艺，不敢贸然动手。这其中有一堆素色的棉花，沉实地裹成一团，我数次因了它的滞重而绕过，它又在暗夜的思索中，经纬分明地浮现。

这就是我在戒毒医院的感同身受，也许不仅仅是那数月间的有限体验，也是我从医二十余年心灵感触的凝聚与扩散。我又查阅了许多资料，几乎将国内有关戒毒方面的图书读尽。

以一位前医生和一位现作家为职业的我，感觉到了一种不可推卸的责任。

我是一个视责任为人职的人。

我决定写这部长篇小说。前期准备完成以后，接下来的具体问题就是——在哪里写呢？古话说，大隐隐于市。我不是高人，没法在北京高分贝的声波中定下心来。便向领导告了假，到了我母亲居住的地方。那是北方的一座小城，并不是我父母的故乡，但他们离休后一直住在那里。父亲最后的时光在那里度过，安息在那片土地上。幽静的院落被一种深沉的暮气萦绕，使我的心境浸入一种生命晚期的苍凉。

母亲问我选在家中哪一间房屋写作，按她的意思，是将我安顿在一间大大的朝阳房屋，那是整所住宅中最豁亮的地方。我迟疑着，想象中我未曾落笔的小说，似是一种更为凝重的调子。我最后选定了父亲生前的卧室。自老人仙逝以后，房门紧闭，一种极端的整洁和肃穆凝结在每一立方厘米的空气中。推开门来，是父亲巨大的遗像，关切地俯视着我。正是冬天，母亲说，这屋冷啊。我说，不怕。我希望自己在写作的全过程中，始终感到微微的寒意，它督我努力，促我警醒。

写作长篇小说，并不像我想象的那样可怕。在大约3个月的时间里，我日出而作，日落而息，像工厂的工人一般准时，每天以大约5000个字的匀速推进着。有不少时候，我很想写得更多一些，汹涌的思绪，仿佛要代替我的手指敲击计算机键盘，欲罢不能。但我克制住自己的激情，强行中止写作，去和妈妈聊天。这不但是写作控制力的需要，更因为我既为人子，居在家中，和母亲的交流就是非常重要的大事。母亲从不问我写的是什么，只是偶尔推开我的房门，不发出任何声响地静静看着我，许久许久。我知道这种探望对她是何种重要，就隐忍了很长时间，但有一天终于耐不住了，对她说，妈，您不能时不时地这样瞧着我。您对我太重要了，您一推门，我的心思就立刻集中到您身上，事实上停止了写作。我没法锻炼出对您的出现置若罔闻的能力……

从此母亲不再看我，只是与我约定了每日三餐的时间，到了吃饭的钟点，要我自动走出那间紧闭的屋子，坐到饭厅。偶尔我会沉浸在写作的惯性中，忘了时辰，母亲会极轻地敲敲门。我恍然大悟地跑出去，才发现母亲守在餐桌旁，菜已凉，粥已冷，馒头不再冒气，面条凝成一坨……我怪她为什么不自己先吃一点儿，她总是说，你爸爸在的时候，我也总是等他一起吃。

于是母女相对无言。以后的日子，我再不敢丝毫贻误吃饭。

打印出的稿纸越积越厚了，母亲有一次对我说，女儿，你是在织布吗？

我说，布是怎样织出来的，我没见过啊。

母亲说，织布的女人，要想织出上等的好布来，就得钻到一间像地窖样的房子里，每日早早地进屋，晚晚地才出来，不能叫人打搅，也不跟别人说话。

我说，布难道也像冬储大白菜似的，需遮风避雨不见光吗？

母亲说，地窖里土气潮湿，布丝不易断，织出的布才平整，人心绪不一样，手下的劲道也是不同的。气力有大小，布的松紧也就不相同。人若是能坚持一天不说话，心里的那口气是饱满均匀的，绵绵长长地吐出来，织的布才会像潭水一般光滑。

我凛然一惊。

母亲的话里有许多深刻的道理，可惜我听到它的时候，生平的第一匹长布，已是疙疙瘩瘩地快要织完了。

好在我以后还会不断地织下去，穷毕生精力，争取织出一幅好布，以告慰无微不至关怀我的母亲，告慰父亲九天之上的英灵。

○家庭幸福
预报

　　今日世上多预报。比如天气预报、地震预报、商情预报、服装流行趋势预报，甚至连几十上百年后的日月蚀，都有了分秒不差的天象预报。不知为什么一桩婚姻诞生时，却没人对它的走向，发布家庭幸福趋势预报？

　　料想此事太难。

　　人无慧眼，可穿透岁月层叠的雾岚，窥见新人的沧海桑田。天会变，道亦会变。地位、相貌、健康、性格……都像拥挤的卵石，在时间的渠里磕磕绊绊，几十年冲刷下来，筚路蓝缕，旧貌新颜，有的化作晶莹玛瑙，有的碎成粉渣石屑。意志不是金刚水钻，没有那么坚不可摧的硬度，柔软多孔的人心是善变的精灵。

更无一把量尺，可丈量幸福的杯子是否饱满。你以为汹涌澎湃，他却道涓涓细滴。你陷入悲痛欲绝，她沉浸风花雪月。思维无并连，神经永绝缘，是万物的造化之幸，也是人的悲哀之源。幸福也许是高速车上捆绑的安全带，因人制宜，松窄可调，不到车毁人危的关头，看不出它所绑定的价值。

幸福无框架，幸福无定义，幸福不会立此存照，幸福无法预支和储蓄。幸福可以压缩，幸福可以扩展。幸福无保修，幸福无退换……谁愿面对一件标准模糊的朦胧产品，说短论长？

家庭的幸福，难道真是百面妖魔，没有丝毫蛛丝马迹可寻？幸福的趋势，竟如盲人摸象，永无程序可考？设想婚礼的筵席上，若有预告幸福指点迷津的权威术士，该是最受敬畏的上宾。

不知未卜先知的哲人，有何手段击穿未来，烛照今夕？依我之心，窃以为该先测测双方的智商。假如智慧相等或差值在10%左右的范围内，幸福便有了2.5分的保障。想想看，若在几十年的耳鬓厮磨中，每一句话都呢喃两遍以上，彼此才能缓缓沟通，是否慢性受刑？爱是生死与共的事，其难度不次于哥德巴赫猜想。分秒必争、斗转星移的今日，脑是每个人首要的固定资产，评估它的功能状态，是严肃认真、必备必需的手续。男女相悦不仅是荷尔蒙素的迸发，更是理智勾回清醒的把握。

教育的差异可在漫长的日子里填平补齐，更何况家中回荡的多是人生冷暖，并非先贤凝固的文字。假如智慧不对等，鸿沟非人力可充垫，循环往复的对牛弹琴，最易生出惨淡的麻痹和难以疗救的倦怠。世上有许多背景悬殊的夫妻，在外人以为必是寡淡无味的相守中，其乐融融。不仅是情操的契合，实有神智棋逢对手的持久快意。

单有智商是不够的，还需品质的优良与性格的互补，分数前者占3后者占2吧。

婚姻是一场马拉松呢，从鬓角青青搏到白发苍苍。路边有风景，更有荆棘，你可以张望，但不能回头。风和日丽要跑，狂风暴雨也要冲，只有清醒如水的意志持之以恒的耐力，才能撞到终点的红绳。

婚姻在某种程度上，是阴阳的大拼盘。我总怀疑性格的近似，是滋生不幸的助剂。粉了还要紫，绿了还要青，雪上加霜是搭配学上犯忌的事。然而相反相成，刚柔相济，图纸上令人神往，实施起来难度很大。度的掌握重要而微妙。逆反太凶，则是冤家对头，虽有强的磁场引力，但长久相克，磨损太甚，只怕两败俱伤。然而适当的尺寸，又像丝丝入扣的魔鞋，缥缈大地，谁知遗走何方？有的人寻找一生，找到了，是大幸运。找不到，无奈无望，也可保有死水微澜的宁静。最怕的是委委屈屈地将就，合久必分，却又当断不断。好像快餐店的塑料低背椅，可待片刻，难以枯守一生。道貌岸然地坚持，必是颈项腰腿痛。半辈子熬过去，脊柱都弯矮了。

善良在幸福这锅汤里，就像优质味精，断断少不得。我看至少把1.5分给它。现今有人觉得善良简直就是无用的别号，我却以为无论在生意场还是社交场上，善良只能忍辱蒙羞落荒而走，友谊与家居的优美疆域，永是它世袭罔替的领地。丧失善良的友谊，是溶了蒙汗药的酒池肉林。缺乏善良的婚姻，是危机四伏无法兑现的期票。婚姻易碎，婚姻易老，善良如绵绵长长包裹婚姻瓷器完整的丝缕，似青青翠翠保养花叶常青的圣水。

剩下的1分，不知判给谁好。机遇、门第、如影随形的契机、冥冥之中的缘分……都在争抢终局的发言权。它们都很重要，假如有道判定婚姻幸福的公式，都该罗列其内，在结尾处结结实实占一席之地。但我思索再三，决定将这场婚姻预言的最后因子，留给通常在爱情中故意漠视的金钱。

很世俗，但很实际。贫贱夫妻百事哀，当一生的基本生活需要都没有保障的时候，我不知家庭幸福的青鸟，可以栖息在哪棵无果的树上做巢。婚姻里沉淀着那么多的柴米酱醋盐，每一件都与金钱息息相关。我们有许多清高的场合可以不谈钱，但家是一个必须坦荡地经常地反复地赤裸裸地议论金钱的地方。对金钱的共同掌握和使用方向的通力合作，是家庭木桶防止渗漏的坚实铁箍。

钱绝不可以太少，男人女人，一定要用自己的双手，用血汗化作干净的金钱，注满列车正常行驶的油箱。钱多比钱少好，但不要超过双方卓越的智力与优良的品质可以控制的范畴。单纯的金钱，就像单纯的水一样，不加消毒照料，就会慢慢蒸发腐坏。只有金钱与善良结合，才是世上很多美好事物的摇篮。

如果我们看到一对男女结成连理的时候，智商均衡，天性互助，多温柔宽厚之心，也不乏冷静果决之勇，坚忍友爱，钱不多也不少，顾了温饱，尚有些节余，可以奠定共同事业的起点……那么无论他们的身材多么矮弱，相貌多么平凡，出身多么低微，文化多么有待提高，情感多么不善表达，誓言如何稀少轻淡……甚至在外人眼里他们贫寒寂静，简单甚至简陋，我都有足够的理由期待，他们会在艰窘中生长出至亲至爱的快乐与幸福。

我希望祝福成真。

假如一对新人智差殊异，性格无补，少温良仁爱的善美，多冷厉森严的辣手，钱不是太多就是太少……无论他们身高如何匹配，相貌如何俊美，家世如何渊源，文凭如何耀眼，情感如何缠绵，承诺如何山盟海誓……有多少外在的光环闪烁；也无论青梅竹马，患难之交，萍水相逢，千里姻缘，弄巧成拙，指腹为婚……有多少内里的故事流传，我却总带着凄凉的心境，仿佛看到幸福终结的海市蜃楼，在不远处波光粼粼。哀痛使我无法扮出由衷的微笑。

这一回，但愿我看走眼了吧。

○关于爱情与友情
的絮语

Wan
An

　　当今时代，电脑一分钟可以复制无数的信息，且核对起来甚是简便。利用信息和情报造假越来越不易，于是"假"也在更新换代，涉及种种精神的产品。

　　最不易察觉的假冒伪劣是信任和爱情。它们均需要漫长岁月的培育和考验，毁灭却只是刹那间的事情。

　　也许当初彼此交往的时候，并不缺乏真诚。但友谊和爱情的产品，是要求终身保修的。不管何时损坏，都会被判为赝品，且无处更换。

　　有人炫耀自己的朋友如何多，我一般是不信的。好的朋友，也像好的货物，是有体积的。好的心灵，也像非露天仓库，无法无限扩大容积。

一个认真重情的人，心灵的空间更是有限，只能容纳几位知己。

拥有太多的友人，友谊的汁液不是溢出来，就是稀释。

友谊也像零存整取的银行。若你平时不补充情感进去，一旦需要朋友的支援渡过难关时，才发现存单上一片空白。

爱情是比死亡还要复杂的事情。因为在死亡中你只灭绝一次，而在爱情中你可能多次灭绝。

男女之间常常被自己所不具备的品质所吸引。

这就是为什么许多天真烂漫的女孩子会爱上魔鬼，许多忠诚的男子会喜欢水性杨花的女人。

一般来说，你真的爱一个人，就应该给他还报你恩情的时间和机会。

这不是我们索要报答，而是为了让他的心灵安宁。如果你只是一味地给予，就把对方一直置于被施舍的地步，这实际上是一种不敬。

人生得一知己足矣的话，当是不发达社会的写照。

如今的社会是——

人生得几知己还不足。

或是——

人生无一知己也足矣。

知己者无非是心的沟通，事的相助。于是人们有红粉知己、忘年知己、事业知己……知己已泛化，不像以往那样罕见了。

另一方面，知己又更加难觅。信息社会，大家都加快了变化的节奏。彼此要变得同步，变得共振，变得像没变一样，实在是大不容易。

我不赞成为了朋友两肋插刀。如果一定要插，至多插一肋。因为肋骨的后面是心脏，若都插上刀，心就会被洞穿，便丧失了思考的能力。

没有思考的友谊很可能陷入盲目。

心理医生也是和病人谈心聊天，只不过更专业更精彩一些。女性应该多有几个朋友，至少也要有一个你可以面对她哭泣的女人。我指的不是那种萍水相逢或是生意场上、权力场上因为利害关系结成的伙伴，而是交往多年知根知底善解人意的朋友。

你说起了一片叶子，她就知道风从哪里来。哪怕你婚后爱上了另一个男人，你也用不着分辩自己是不是一个坏女人，要商讨的只是应该怎样办……她真诚而善良，绝不会把你的故事流传。精心的信任和感情，就是不花钱的心理医生。友谊是一种像水一般互相流动的物质，这一次你给予了我，下一次我给予你。

友情不是血吸虫病，不能凭借口口相传的钉螺感染他人。兵无常势，水无常形。变是常法，要求友谊在传递的过程中，像复印一般地不走样，原是我们一厢情愿的幼稚。

友谊是一种易变的东西，假如它不是变得更好，就是不可抑制地变坏了，甚至极快地消亡。有时，在很长一段岁月里，友谊似乎是一成不变的，保持很稳定的状态。这是友谊正在承受时间的考验。

现代人的友谊，很坚固又很脆弱。它是人间的宝藏，需我们珍爱。

友谊的不可传递性，决定了它是一部孤本的书。我们可以和不同的人有不同的友谊，但我们不会和同一个人有不同的友谊。友谊是一条越掘越深的巷道，没有回头路可走。刻骨铭心的友谊也如仇恨一样，没齿难忘。

友情这棵树上只结一个果子，叫信任。红苹果只留给灌溉果树的人品尝。别的人摘下来尝一口，很可能酸倒了牙。

友谊之链不可继承，不可转让，不可贴上封条保存起来而不腐烂，不可冷冻在冰箱里永远新鲜。

友谊需要滋养。有的人用钱，有的人用汗，还有的人用血。友谊是很贪婪的，绝不会满足于餐风饮露。友谊是最简朴同时也是最奢侈的营养，需要用时间去灌溉。友谊必须述说，友谊必须倾听，友谊必须交谈的时刻双目凝视，友谊必须倾听的时分全神贯注。友谊有的时候是那样脆弱，一句不经意的言辞，就会使大厦顷刻倒塌。友谊有的时候是那样容易变质，一个未经证实的传言，就会让整盆牛奶变酸。

这个世界日新月异。在什么都是越现代越好的年代里，唯有友谊，人们保持着古老的准则。朋友就像文物，越老越珍贵。

礼物分两种，一种是实用的，一种是象征性的。

我喜欢送实用的礼物。

不单是因为它可为朋友提供立等可取的服务功能，更因为我的利己考虑。

此刻我们是朋友，十年以后不一定是朋友。

就算你耿耿忠心，对方也许早已淡忘。

速朽的礼物，既表达了我此时此刻的善意，又给予朋友可果腹可悦目可哈哈一笑或是凝神端详的价值，虽是一次性的，也留下美好的瞬间。我心足矣。

象征久远意义的礼物，若是人家不珍惜这份友谊了，留着就是尴尬。或丢或毁，都是物件的悲哀，我的心在远处也会颤抖。

若是给自己的礼物，还是具有象征意义的好。比如一块石子、一片树叶，在别人眼里那样普通，其中的美妙含义只有自己知晓。

电话簿是一个储存朋友的魔盒，假如我遇到困难，就要向他们发出求救信号。一种畏惧孤独的潜意识，像冬眠的虫子蛰伏在心灵的旮旯。人生一世，消失的是岁月，收获的是朋友。虽然我有时会几天不同任何朋友联络，但我知道自己牢牢地粘附于友谊网络之中。

利害关系这件事，实在是交友的大敌。我不相信有永久的利益，我更珍视患难与共的友谊。长留史册的，不是锱铢必较的利益，而是肝胆相照的情分。和朋友坦诚地交往，会使我们留存着对真情的敏感，会使我们的眼睛抹去云翳，心境重新开朗。

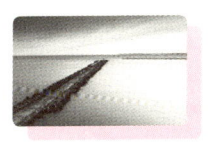

○幸福的
镜片

Wan
An

　　现今家庭，有些简直成了情绪火葬场。一位女友说，先生在外面笑眯眯，人都赞脾气好，可回到家里，满脸晦气，令人沮丧。女友恼火地抗议，你不要金玉其外，轮到自家人时，却像八大山人笔下的鱼鹰，白眼球多，黑眼球少。先生立即反驳道，人又不是仪器，不可能总调整在最佳状态。发愁的时候，懊恼的时候，垂头丧气的时候，你让我到哪里散火？和领导吵架吗？不敢抗上。和同事争吗？来日方长，得罪不起。在公共车上和不相干的人口角吗？人家招你惹你了？那岂不是伤及无辜？女友说，我是你亲人，却经常看你黑脸，你这不是残害忠良吗？先生说，家是最隐蔽最放松的场所，一个人若是在家里都不能扒下面具，赤裸裸做人，那才是大悲哀。我阴沉着脸，并非对你恶意，只是情绪病了。你装聋作哑好了，不必同我一般见识。有什么不中听的话，并非针对你，只是宣泄独自的郁闷。如果你爱我，就请原谅我的种种真实……

女友困惑地说，人怎么能把家庭当成消化情绪的垃圾场所？这样下去，谈何幸福！

我倒以为幸福的家庭，不妨成为回收情绪垃圾的炼炉，将成员的种种不快以至愤慨忧愁苦恼悲凉……都虚怀若谷地包容下来，然后紧闭炉门，不再泄漏。让那炉中真火慢慢熬炼，直到怨气焚化成白色无害的灰烬，随风飘逝，不见踪影。

这事说起来简便，实施的时候，却极易失控。人在家居，心不设防，就像没打过麻疹疫苗的小儿，对情绪缺少抵抗力。一旦心境恶劣，极易传染他人。又因至爱亲朋，血脉相通，结果一人发火，污染全体，大家难受。很多原本是外界的小风波，最后演成家庭的全武行。

好的家庭要有丝网般的滤过功能。快乐的幸福的消息，如高屋建瓴，肥水快流，多拉快跑，让佳音火速进入所有成员的耳鼓。忧郁的不幸的消息，只要不关急务，便遮掩它，蹒跚它，让时间冲刷它的苦涩，让风霜漂白它触目惊心的严酷。

好的家庭是会变形的镜片，能发生奇妙的折射。凸透使事物变大，凹透让东西变小。如果是愉快的源泉，哪怕只是夫妻间的一个手势，孩子捧出的一杯清水，远方朋友的一个问候，陌生人的一个祝福……都应透过放大镜，使它纤毫毕现，华光四射。让一朵杜鹃，蔓延出一片火红的山谷；计一个口哨，轰响成一部辉煌的乐章；从一片面包，憧憬出今后日子的和美丰足；携一缕春风，扩展成融融暖意，铺满整个家庭空间。

如果是苦难和灾异，比如亲朋远逝，祸起萧墙，泰山压顶，骤雨狂风……降临的种种天灾人祸，经历家庭镜片的折射，都应竭力缩小它的规模——淡化压力的强度，软化坚硬的锐度，衰减振荡的烈度，压缩波及的范围，控制哀痛的伤害，截短作用的时间……让家人在家的庇护下，惊魂甫定，休养生息，疗治创口，积聚新力，重新鼓起生活的勇气。

这是否是澳洲鸵鸟的战术，一厢情愿？我想明晰的镜片和浑黄的沙砾有原则区别。无论喜讯还是噩耗，通过家庭镜片的折射，它们未曾消失，依然健在，改变的只是外界事物作用于我们的感觉。

放大欢乐，缩小痛苦，这就是幸福家庭的奇妙镜片功能。

Wan
An

淑女书女

　　假如刨去经济的因素，比如想读书但无钱读书的女子，天下的女人，可分为读书和不读书两大流派。

　　我说的读书，并不单单指曾经上过小学中学大学硕士博士，读过一本本的教材。严格地讲起来，教材不是书。好像司机的学驾驶和行车，厨师的红白案和刀工一样，是谋生的预备阶段，含有被迫操练的意味。

　　我说的读书，基本上也不包括报纸和杂志。虽然它们上头都印有字，按照国人"敬惜字纸"的传统，混进了书的大范畴。那些印刷品上，多是一些速朽的讯息，有着时尚和流行的诀窍。居家过日子的实用性是有的，但和书的真谛，还有些差异。

好书是沉淀岁月冲刷的砂金，很重，不耀眼，却有保存的价值。它是地球上曾经生活过的那些智慧的大脑，在永远逝去之前自立下的思维照片。最精华的念头，被文字浓缩了。好像一锅灼热久远的煲汤，濡养着后人的神经。

书对于女人的效力，不像睡眠。睡眠好的女人，容光焕发。失眠的女人，眼圈乌青。读书的女人和不读书的女人，在一天之内是看不出来的。

书对于女人的效力，也不像美容食品。滋润得好的女人，驻颜有术。失养的女人，憔悴不堪。读书的女人和不读书的女人，在三个月之内，也是看不出来的。

日子是一天天地走，书要一页页地读。清风朗月水滴石穿，一年几年一辈子地读下去。书就像微波，从内向外震荡着我们的心，徐徐地加热，精神分子的结构就改变了，成熟了，书的效力就凸显出来了。

读书的女人，更善于倾听，因为书训练了她们的耳朵，教会了她们谦逊。知道这世上多聪慧明达的贤人，吸收就是成长。

读书的女人，更乐于思考。因为书开阔了她们的眼界，拓展了原本纤细的胸怀。明白世态如币，有正面也有反面。一厢情愿只是幻想。

读书的女人，更勇于决断。因为书铺排了历史的进程，荟萃了英雄的业绩。懂得万事有得必有失，不再优柔寡断贻误战机。

读书的女人，更充满自信。因为书让她们明辨自己的长短，既不自大，也不自卑。既然伟人们也曾失意彷徨，我们尽可以跌倒了再爬起来，抖落尘埃向前。

读书的女人，较少持续地沉沦悲苦，因为晓得天外有天乾坤很大。读书的女人，较少无望地孤独怅惘，因为书是她们招之即来永远不倦的朋友。读书的女人，较少怨天尤人孤芳自赏，因为书让你牢记个体只是恒河沙粒沧海一粟。读书的女人，较少刻毒与卑劣，因为书中的光明，日积月累浸染着节操鞭击着皮袍下的"小"……

"淑"字，温和善良美好之意。好书对于女人，是家乡的一方绿色水土。离了它，你自然也能活。但与书隔绝的日子，心无家园。半生过下来，女人就变得语言空虚眼神恍惚心地狭窄见识短浅了。

淑女必书女。

○翅膀上驮着天堂
亲人的期望

Wan
An

　　昨日从四川回来，在飞机上与同行的心理医生杨霞说：到了北京后，第一愿望是拿出一天时间，一句话也不说。只因这两天说的话太多，舌头已像撬杠一样僵直。

　　和家里人可以不说话，但博客的文字还是要写。人们关注着灾区，会急切地询问每一个到达那里的人——灾区怎么样了？衣食住行可有保障？孩子们可有欢颜？山川可太平？大地可安稳？

　　大地并不安稳，时有余震发生。看报道，自5月12日四川大地震发生后，当地可以监测到的余震，已有9000多次。我们一向以为是最坚固最牢不可破的土地，发生了可怕的崩裂与崩塌，这对于人们赖以生存的安全感摧毁，是无与伦比的。

从北京机场出发，我们一共有35件行李。主要是书籍和奥运福娃的挂件，都是送给北川中学孩子们的礼物。书是协和医科大学杨霞副研究员所撰写的《重建心灵家园》，副标题叫《震后心理自助手册》，从书的名字你就可以知晓内容，对当前的灾后心理康复是多么及时并富有建设性。8万多字的书稿，杨霞医生用了三天时间，夜以继日地工作，并完全是义写，不取分文稿费，令人感动。石油出版社的编辑们在第一时间编辑出版，立下了汗马功劳。奥运福娃挂件，是北京石油附中的师生们精心挑选的。最让人安心的是——所有的书籍和福娃，都是按照2000人份准备的，北川中学现有1700多名学生，按人头分，每位老师和每个同学都有一份。我从小就特别害怕数量有限的礼物，发放时刻，有的人有，有的人没有。虽然我因为学习好，每次都会得到礼物，但我忘不了没有收到礼物的孩子的忧郁。我觉得太少的礼物，还不如没有呢。不然，令分配的人惆怅，对得不到礼物的孩子们来说，很容易引起自卑感。现在充分供应满足大家最好，皆大欢喜。

2000本书，2000个福娃挂件，你可以想见它们的体积和重量。在办理登机牌的柜台前，小姐说超重了几百千克，如果按照规定收费，大约需要7000元。我们赶紧解释，说这是送给灾区小朋友的心意，希望能够放行。办事人员说这可需要请示，要不然，7000块钱呢，比他一个月的工资还多。请示的结果是免费放行，大家松了一口气。拿着长长一溜行李牌，觉得很气派。

驶往绵阳方向的车并不很多，所有的车上，几乎都悬挂着"××省支援"的字样。你真的可以体会到一方有难，八方支援的深情，感受到国家大了的好处。

在夜晚进入绵阳，周围是黑暗寂静的。车窗玻璃突然被水雾弥漫。原以为下雨了，细看才知道是戴着口罩的工作人员站在远处，用喷枪向车身喷洒药水。每一辆车都要在此沐浴一番，然后无毒一身轻地驶入这座聚焦着无数人目光的城市。

路旁的居民楼几乎没有灯光。我问司机，人呢？当地同志告知，绵阳为了预防唐家山堰塞湖的水患，已经按照第一方案撤离了20万人。还有一些人到外地投亲靠友去了，留下的人，也不敢在楼房内居住，连续多少天了，都夜宿帐篷。楼内没有人，也没有光亮。

微明的路灯映照着壮观的帐篷阵。援建的蓝色帐篷，迷你图案的草绿色军用帐篷，属于帐篷中的贵族。它们有款有形有窗户，算帐篷群里的豪华别墅。其余的帐篷五花八门，有用条纹布搭建的，有用床单简单遮挡的，有的干脆就是一块搭在绳子上的布头……相当于帐篷中的游击队，实行各自为战了。我第二天大清早在街上走，拍下了一张照片，是墙头外的两块石头。你能猜出这是干什么用的吗？这是坠帐篷用的。在大墙那边，有一顶小小的帐篷需要它固定。

从北京出发的时候，已经考虑到了灾区的艰苦，做好了住帐篷的准备，带了方便面和矿泉水，心想不要给灾区人民添麻烦。不想到了安排住处的时候，才知道要住楼房。我们一个劲儿地说，我们可以住帐篷，完全不怕艰苦。后来才知道，帐篷在灾区是紧俏物资，相比楼房要安全一些。当然了，同志们是一片好意，房间比露宿野外要舒适一些。

分配我住六楼，一出楼梯，天花板断裂的豁口，暴露出犬牙交错的管道。旁边房屋的门框已经变形，裸露的水泥框架在暗淡的灯光下，有几分冰冷。接待同志忙着解释，说房屋震后评测，只是接缝处局部扭曲，不算危房之列。

大家互相交流防震经验，说要在洗手间、承重墙等小开间的地方，放置饮水和巧克力，万一遭遇垮塌，还可以坚持几天。临睡前，我把方便面放在了卫生间，心想"方便"二字，用在此处，实在一箭双雕相得益彰。

不知道是不是精神紧张，还是我的平衡器官特别敏感，总觉得楼体时不时有轻微的抖动。躺了一会儿，未曾睡着，有点焦虑。因为明天要给北川中学的同学们讲课，若是一夜失眠，无精打采地站在讲台上，岂不辜负了信任？

我有择床的坏毛病，换了新地方，刚开始几天，常辗转反侧。平日萎靡也就罢了，但明天事关重大，必得精神抖擞。我拿出安眠药，一边倒水一边开玩笑地想，吃还是不吃，这是一个问题啊。不吃，明天满面苍灰神色萎顿，令同学们不爽。吃了，若是睡得太沉了，对余震毫无察觉，一觉醒来，也许已在瓦砾中探头探脑。

思谋的结果是一仰脖，吞下安眠药。

一夜安睡。早上起来，阳光灿烂。6点多钟，到绵阳的街头转悠。

很多大卡车，满载物资，停靠在路边。拍下一张照片，证明全国人民心系灾区。

看到街道十分清洁，有些诧异。本以为这里人心惶惶，未必有人顾得上洒扫街道这等平安日子里才注重的事。沿着没有任何纸屑和烟蒂的洁净路面走过去，看到了几位晨起打扫街道的女工。

我说，也许唐家山溃坝，绵阳到处都被淹了。你们为什么还要打扫呢？

她们都是非常淳厚的人，互相看了看说，从地震以后，我们每天都在扫，一天也没有停过。要是淹了，就没法子打扫了。水退了，还要打扫。

话朴实到这种地步，简直没有办法再问了。不管发生了怎样天崩地裂的事情，只要活着，就踏踏实实地完成自己的本分，这就是中国人的传承。我问，可以和你们照一张相吗？

她们有些羞涩，说当然能照了。于是急忙排在一起，我们等到了一个路人，请他为我们拍照，一位女工突然惊呼起来，说我还拿着扫把呢，不好看啊，想放下。我说，拿着吧，好看得很啊。

我看到一处帐篷门口，蹲着一位大汉正在揉眼睛，想必昨夜不曾睡好。一问，得知是山东临沂来支援的志愿者，专门为灾区搭建活动房。我说，住在帐篷里，有没有蚊子？

他说，多着呢。最怕的不是蚊子，是下雨。

我说，是不是帐篷漏啊？

他说，主要是我们搭建的活动房进度就慢了。

惭愧。我说的是自家的宿舍，人家说的是灾民的住处。

临分手时，我说，我能给你照张相吗？

他想了想，很坚决地摇头，不能。

我祖籍山东，觉得家乡大汉性格直爽，敢作敢当的，不知天下还有害怕二字，未曾想遭他拒绝。可能是看我不解，他说，主要是我跟家里人都说这里挺好的，住的吃的都不用他们发愁，要是知道我这里的实际情况，家里要担心的。

心细如丝。

北川中学负责接待我们的是蹇书记，羌族。他唯一的女儿在这次地震中遇难，他说，女儿身高1米70，遇难的那一天，还得了一个全国奥林匹克英语的三等奖。蹇书记坚持在抗震救灾的第一线，胸前别着"共产党员"的徽章，照料着全校孩子们的生活学习。旁边走过一个女生，塞书记说，她就是我女儿班上的。我看到了塞书记眼中的泪光。是啊，同是一样的孩子，这一个还在阳光下微笑，那一个已经是天人永隔。这样的严酷，怎不叫人肝肠寸断！另有一位老师，孩子和妻子都在地震中遇难，他说自己一天机械地忙碌着，如同行尸走肉。他说，两个人，哪怕是留下一个也好啊，让我也好有个伴儿，有个盼头。现在，什么都没有了……

在这样撕心裂肺的苦难面前，所有的言语都异常苍白。

我不知道说些什么。在为孩子们分发福娃的时候，我留下了一个绿色的妮妮。在所有的福娃中，我特别喜欢这一个，觉得她是个喜眉乐眼的女孩，翠绿得如同雨后清秀挺拔的嫩竹。我找到塞书记，悄声对他说，这个福娃，请送给你的女儿吧。我想，在塞书记的家中（如果把合住的帐篷也称为家），一定有一处洁净的地方，静息着一个如花女孩难舍难分的精灵。她的同学们今天都得到了一个福娃，她也应该有一个啊。

记得北川中学的一位被截肢的女孩说过，请你们不要称我的那些死去的同学们——是没有来得及开放的花蕾，就已经凋落了。不，他们不是凋落，他们已经盛放过了。

我被这句话深深打动，它充满了一种只有经历过死亡的人，才会有的练达和超拔，尽管那个女孩子只有12岁。是的，生命的价值从来不是以长短来衡量的。那些远去的少年们，将他们辉煌的笑靥留给我们，岁月的尘埃难掩它们的灿烂。

上午10点。

轮到我演讲了，正确地说，是上一堂特殊的语文课。

很紧张。因为从来没正儿八经地当过语文老师。因为面对的是经历过山摇地动的孩子们。因为孩子们的聪慧和早熟。也因为文章内容在此情此景此地讲解，有点文不对题。

那篇散文叫《提醒幸福》，选入了全国初中二年级的语文课本。北川中学邀我这个作者讲讲自己的文章，说孩子们能看到课文中的作者突然现身，饶有兴趣。

教室里大约有60个座位，坐满了初中二年级一班的学生。（因各班都有伤亡，就把几个班合并了。现在是新的班级，满员上课。）还有一些高年级的孩子，曾学过这一课，也赶来听讲。加上站在教室后方的孩子，共约100名学生。老师对我说，本来有更多的孩子要来听课，但临时校址没有大礼堂，况且现在非常时期，为了出现大的余震时能够快速疏散，不能组织大规模的聚会。如果是在操场上，倒是没有生命危险，但气候炎热，怕孩子们中暑……

我惧怕自己讲得不对，误导了孩子们。私下里觉得来的学生越少越好，免得我讲错了，前脚走了，后脚害得正规的语文老师来纠偏，给人家添了麻烦。

我悄声问蹇书记，讲课之前，要不要默哀。蹇书记说，孩子们经常默哀，每一回都会哭泣。这一次，就不必了吧。

我站在黑板前面，开始了讲解。

在这片浸透了鲜血和眼泪的满目疮痍的土地上，宣讲幸福。面对着死去了父母死去了同学死去了老师的孩子们，宣讲幸福。从讲台上望下去，孩子们乌溜溜的眼珠，好像秋夜里的星辰，单纯明朗，却掩不住冷霜的寒凉。

我觉得自己根本没有资格和他们谈论幸福。

可是我必须讲下去。

那就从头说起吧。我讲，我为什么萌生出写这样一篇文章的动机呢？是因为大约20年前，我看到过一篇报道，说的是国外的一家报纸，面向民众征集"谁是最幸福的人"的答案。回信纷至沓来，报社组织了一个各方人士汇成的班子，来评选谁是最幸福的人……

讲到这里，我稍稍提高了声音，问道：大家说说，那谁是最幸福的人呢？

我的本意是说当年的报纸会征得怎样的答案。由于我不是训练有素的语文老师，这个问题，口气太开放了一些，也没有强调时间地域的前提。孩子们以为我的问题是：现在谁是世界上最幸福的人？

他们几乎异口同声地回答："我们！"

那一刻，我真真是怀疑自己的耳朵。后来，我把这一幕讲给别人听，听到答案的成人们也会充满疑惑地说，地震惨祸之后的孩子们居然说自己是最幸福的人？别是事先老师教好这样说的吧？

我要非常郑重地宣布，那些孩子绝对是非常真诚地这样认为的，没有任何人事先授意他们。这不单是不可能的，而且也是完全没有必要的。再说啦，我毕竟做过很长一段临床心理医生，一个人说的是否真心话，我还是有一点儿辨识力的。

大劫余生的孩子们，如此质朴地诠释了幸福。他们说，我们还活着，这就是幸福。我们还能上课，比起我们死去的同学们，这就是幸福。全国人民这样帮助我们渡过难关，这就是幸福。我们的翅膀上驮着天堂亲人的期望，我们要高高飞翔，这就是幸福……

他们一个个地站起来发言，略带川音的普通话，稚嫩而温暖。我能做的唯一的事儿，就是控制住自己的泪水。

惊骇莫名！感动至深！钦佩不已！激动万分！

我的手提电话响了。真是非常抱歉的事情，我忘了关手机。我对同学们说，对不起，我马上关机。就在我预备关机的瞬间，我听到电话提示音，说是有国外的电话。儿子在阿拉伯海上的游轮中，这正是他的号码。于是，我对同学们说，我儿子打来的电话，我很想接一下。我看看表，已经上了40分钟的课了，同学们也需要上厕所，就此宣布：现在休息，10分钟以后继续上课。

儿子芦淼告知我，和平之船的引擎坏了一个，船速大为下降，原定赶到阿曼萨拉拉港的时间，推迟一天。船方正在紧急调运引擎，希望能够在下一个港口修复。此刻，阿拉伯海上洋流复杂，波浪滔天，船上到处都悬挂着呕吐袋，供人们随时使用，船员在紧张地检查救生艇……

芦淼问，你好吗？

我说，很好。你要多多注意安全啊。

其实，我知道这话等于没说。有些时候，人能做的只有镇定。作为中国第一批环球游的旅客，征途上也是波光诡谲。

10分钟后，开始上第二节课。

将课文讲完之后，还有一点儿时间。我为刚才的接电话，向同学们致了歉。我又说，我原本是打算环球游的，知道四川地震了，就从那条船上下来，把和平之船为你们捐的善款送回了北京。我说，在浩瀚的太平洋上，各国游客曾经为地震死难的中国人民默哀，我亲见他们的泪水潸然而下……我说，我今天告诉你们这些，并不是说他们捐赠了多少钱要你们记住，钱并不是最重要的。重要的是，我们并不孤立。除了有祖国大家庭的人们在关怀着你们，全世界爱好和平的仁慈人们，也在关怀着你们。全世界都期望你们茁壮成长……

说到这里，我突然想到一个问题，很想听听孩子们的意见。

我对北川中学的100名学生说，我现在有一个问题，想征求你们的看法。你们的意见，将极大地影响我的决定。这个问题就是——我是返回到游轮上，继续我的全球游，还是留下来，和你们在一起？

我以为孩子们要考虑很久，没想到他们马上异口同声地回答道：你去全球游！

我说，难道没有不同意见吗？

一个男孩子站起来说，我希望你留下来。

我说，两方面都请谈谈自己的看法。

一方说，我们一定能战胜地震灾难，我们一定会取得胜利！你到船上去吧，你代表我们，带上我们的眼睛去看看世界吧。然后把世界远方发生的事情告诉我们。等我们长大了，也到全世界去看看！

主张我不去的男生说，毕老师，你看到了北川中学，看到这里已经复课，很多人在关怀着我们。但是，我的家在深山里，那里的震情也很严重，孩子们还没法上学，他们需要帮助。尽你的力量帮助他们吧。

我频频点头。最后我说，可否举手表决一下，我想知道两种看法各占多少比例？

孩子们踊跃表态。大约97%的同学主张我去上船，3%的同学建议我留下来。一直在台下坐着目不转睛听我讲课的语文老师，也高高举起手臂，加入到赞同我上船的那一方。（我对这位老师的认真听课，深表感谢。要知道，人家是正规部队，我是杂牌军啊。）

下课了。我拿起板擦，预备擦掉我写下的"提醒幸福"几个字。（顺便说一句，北川中学使用的粉笔质量不佳，易断，色泽不白。如果谁到北川中学去，记得带上一些质量较好的粉笔，这样后排的同学们看起黑板的时候，能省些眼力。）直到这时，我才注意到在黑板的左侧，有一个用粉笔框起来的长方形框子。老师对我说，这块黑板，就是温总理为我们北川中学写下"多难兴邦"四个字的地方。

谢谢北川中学所给予我的深厚信任！谢谢初中二年级一班的同学们给我的难忘教诲！谢谢苦难让我更深地眷恋祖国和人民！

北川中学的临时校舍设在长虹集团的培训中心，大约20名学生住一间帐篷，孩子们精神面貌不错，除了看书，就是玩游戏。我拍了一张孩子们玩弹球跳棋的照片。问他们最希望做的事，回答是上课。

开饭的时间到了，伙食比较丰富，有四五个荤素搭配的菜。孩子们拿着统一配给的不锈钢餐盘，排队打饭。长虹集团完全都是免费供给。

感谢善举。

在为长虹集团员工所做的演讲中，我看到大家非常疲惫。是啊，大震发生后的第一时间，长虹就组织抢险救援队，开赴北川。白天开足马力研发新产品，努力工作，多少个夜晚，他们从未安眠。

我说，长虹的兄弟姐妹们，咱们在开始之前，先闭上眼睛，放松身体，听我的引导，深深地吐出一口气……

可大多数人都不听我指挥，他们抱歉地笑笑，依旧双目圆睁，警觉甚高。

我略一思索，明白他们实在无法放松自己的神经。这是一个人群高度密集的场所，若是出现了危急情况，闭着眼睛，如何敏捷逃生？

我说，兄弟姐妹们，请放心。我会始终睁着眼睛。如果发生了余震，我会在第一时间唤醒大家。我向你们保证，我决不会第一个跑出去，我一定让你们先走……

大家会意地轻轻笑起来，安静地闭上了眼睛，放松了身体，减慢了呼吸。

我是个普通人，我害怕地震。但是，我站在讲台上，我就成了老师。我不会放下我的学生，我不能先跑。人活在世上，总有一些东西比一己的生命更重要。有些人不信，我信。

如果我不事先做准备，我也许无法控制我的本能。我想过了，我做出了决定，我就能指挥我的身体，我就能战胜本能。

和我相拥而泣的女孩叫姚瑶，她是长虹集团的职工。2008年5月12日14时28分，万顷山石将她的双亲掩埋，从那一分钟起，她无时无刻不在呼唤亲爱的爸爸妈妈，但天上地下，永无回音。

我知道她面前还有漫长的道路要走，她将步步啼血，万千悲苦。唯一令人安慰的是——姚瑶能谈到自己有10个优点，其中第一个优点是——我很坚强。

国殇之后，唯有坚强。

我想把北川中学孩子们的话转送给姚瑶——翅膀上驮着天堂亲人的期望，你要高高飞翔。

○再祝你
平安

Wan
An

　　那天接到一个电话，很陌生的女声，轻柔中隐含压抑，说毕老师，我想跟您谈谈。

　　我说，啊，你好。此时我正在工作，以后再谈，好吗？

　　那女人说，我可能没有以后了。或者说以后的我，就和现在的我不一样了。我是您的读者。一次您在劳动人民文化宫签名售书，我买过您的书。那天孩子正生病，因为喜欢您，我是抱着病儿子去的。当时我还请您在书上留一句话，您想了想，下笔写的是——"祝你和孩子平安"。一般不会这样给人留字，是不是？而且您并不是写"祝全家平安"。您没提到我的丈夫，您只说我和孩子。您那时一定就已看穿了我的命运，我那时是平安的。

不，按时间推算，那时我就已经不平安了，但我不知道，我以为自己是平安的。现在，我不平安了，很不平安。我怎么办？我不能和任何人说我的事，心乱如麻。我狂躁地想放纵一下自己，那样也许会使我解脱。起码世上可以有人和我一样受罪受苦，我没准会好一些……

我一边听着她的话语，一边竭力回忆着，售书……生病的孩子……可惜什么也忆不清。我是经常祝人平安的，觉得这是一种看似浅淡其实很值得宝贵珍惜的状态。沉默中，我知道自己不能轻易放下话筒，在电线的那一边，有一颗哭泣而战栗的心灵。

我假装茅塞顿开，说，哦，是！我想起来了。你别急，慢慢说，好吗？现在我已经把电脑关了，什么都不写了，专门听你说话。

女人停顿了片刻，很坚决很平静地说：毕老师，我得了梅毒。

那一瞬，我顿生厌恶，差点儿将话筒扔了。以我当过多年医生的阅历，愿不该如此震动，但我以为，一位有着如此清宁嗓音并且热爱读书的女人，是不该得这种病的。

也许正因为长久行医的训练，使我在片刻憎畏后，重燃了普度众生的慈悲心。你可以拒绝一个素昧平生的读者，但你不能拒绝一个殷殷求助的病人。

我说，得了梅毒，要抓紧治。别去街上乱贴的江湖郎中那儿瞎看，一定要到正规的医院就诊。不要讳疾忌医，有什么症状就对医生如实说啊。

女人说，毕老师，您没有看不起我，我好感动。这不是我的错，是我丈夫把脏病传染给我。我们是大学同学，整整四年啊，我们沉浸在相知的快乐中。我总想，有的人，一辈子也找不到自己的那一半，但我在这样年轻的时候，一下子就碰上了，这是老天对我的恩惠，像中了一个十万分之一的大奖。毕业之后，我留在北京，他分到外地。好在他工作的机动性很强，几乎每个月都能找到机会回京。后来我们有了孩子，相亲相爱。也许因为聚少离多，从来不吵架，比人家厮守在一起的夫妻，还亲近甜蜜。从去年下半年开始，他突然不回家了。你说他不恋家吧，几乎每天给家里打个长途电话，花的电话费就海了去了，没玩没了地跟我说些鸡毛蒜皮的事，可就是人不回来，连春节也是在外面过的。前些日子，他总算归家了，但一副心事重重的样子。问他，什么也不说。哪怕这样，我一点儿疑心也不曾起过，我相信他比相信自己还坚决，就算整个宇宙都黑了，我们两个也是互相温暖的亮点。后来，我突然发现自己得了奇怪的病，告诉他后，他的脸变得惨白，说，我怕牵连了你，一直不敢回家。事情过去这么长时间了，我以为自己已经完全治好了，才回来，终是没躲过，害了你。

我摇着他的身子大喊道，到底是怎么回事，你老老实实说清楚!

他说，一次，真的只有一次。我陪着上面来的领导到歌厅，他叫了小姐，问我要不要？我刚开始说不要，那领导的脸色就不好看，意思是我若不要小姐，他就不能尽兴。我怕得罪了领导，就要了……事情就这么简单。三个星期后，我发现自己烂了，赶紧治。那一段时期，我的神经快要崩溃了，天天给家里打电话，但没法解脱。现在我把一切都告诉你了，我对不起你，听凭你处置。无论你采取怎样严厉的制裁，我都接受。

这是三天前的事。说完，他就走了。我查了书，《本草纲目》上说："杨梅疮古方不载，亦无病者。近时起于岭表，传及四方……"他正是在广州染上的。三天了，我没合一下眼，没吃一口饭，只喝了一点儿水，因为我还得照料孩子……我甚至也没想看病的事，因为我要是准备死，病也就不重要了……

听到这里，我猛地打断她的话，说你先听我说几句，好吗？我行过二十多年的医，早年当过医院的化验员。在高倍显微镜底下，观察过活的梅毒螺旋体。那是一些细小的螺丝样的苍白生物，在新鲜的墨汁里——唯有对梅毒菌，采取这种古怪的检验方式——会像香槟酒的开瓶器一样，呈钻头一样垂直扭动。它们简陋而邪恶，同时也是软弱和不堪一击的，在40摄氏度的温度下，转眼就会死亡。

我顿了一下，但不给她以插话的间隙，很快接着说，你一个良家妇女，一个受过高等教育的知识女性，一个贤惠温良的妻子，一个严谨家庭出身的女儿，一个可爱孩子的母亲，就这样为了一种别人强加给你的微小病菌，自己截断生命之弦吗？你若死了，就是败在长度只有十几个微米的苍白的螺旋体手里了！

电话在远方沉寂了很久很久，她才说，毕老师，我不死了。但我要报复。

我说，好啊。在这样的仇恨之下，不报复，怎能算血性女人！只是，你将报复谁？

她说，报复一个追求我的领导。他也是那种寻花问柳的恶棍，我一直全力以赴地躲避他，但这回，我将主动迎上去诱惑！虽然这个领导不是那个领导，但骨子里，他们是一样的，我必让他身败名裂。

我说，对这种人，不必污了我们的净手。他放浪形骸，螺旋体、淋病菌和艾滋病毒，自会惩罚他。等着瞧，病菌有时比人类社会的法则，更快捷更公平。

女人叹了一口气说，好吧，我依您。可我满腔愁苦何处诉？日月无光，天塌地陷啊！

我说，事情真有那么严重吗？你还是你，尽管身上此时存了被人暗下的病菌，但灵魂依旧清白如雪。

她说，我丈夫摧毁了我的信念。此刻，万念俱灰。

我说，女人的信念仅仅因为丈夫而存在吗？当我们不曾有丈夫的时候，我们信谁？信自己！当丈夫背叛堕落的时候，我们信谁？信自己！当丈夫因为种种理由离我们而去的时候，我们信谁？信自己！丈夫再好，也是外部世界的一部分，变与不变，自有它的轨道，不依我们指挥。世上唯一可以永远依靠永不动摇的，是我们自己培植的心灵与意志。

电话的那一端，声响全无。许久许久，我几乎以为线路中断。当那女人重新讲话的时候，音量骤大了百分之三十。

您能告诉我，今后怎么办？原谅我的丈夫吗？我是一个尊严感很沉重的女人，无法在今后漫长的岁月里，假装忘记了这件事。不忘记就无法原谅。解散这个家，所有的人都会问这是为什么，内幕就得大白天下，我也无法面对周围人和亲友悲悯的颜色。我想，有没有既凑合着过下去又让我心境平衡的办法呢？只有一个方子，就是我也自选一个短儿，一个瑕疵，我和丈夫就半斤对八两了。我有一位大学男同学，对我很好。我想，等我治好病以后，当然是完完全全地好了，我就把一切告诉他，和他做一次爱，这样我和丈夫就扯平了，我的痛苦就会麻痹。您说，我是否有权利这样做？她窘急地询问，好像在洪水中扑打逃生的门板。

这一回，轮着我长久地踌躇了。我不知该如何准确地回答她，只好凭感觉说：我以为，在不违反法律的情形下，你有权利做自己想做的事。但在这之前，请三思而后行，以错误去对抗一个错误，并不像三岔路口的折返，也许会蒙出个正确。它往往导致更复杂更严重的错误，而绝不是回到完美。女人在深重的打击之下，心智容易混乱。假如我们一时想不出好办法，就把痛苦放到冰箱里吧。新鲜的痛苦固然令人阵痛恐惧，但还不是最糟。我们可以在悲愤之后，化痛苦为激励。最可怕的是痛苦的腐烂和蔓延，那将不可收拾。

她沉吟半晌，然后说，谢谢您。我会好好地想您说过的话。打搅您了。我在这世上，没有一个人可信任又可保密，只有对您说。耽误了您这么多时间，很抱歉。

我说，假如多少能给你一点儿帮助，我非常乐意减轻你的痛苦，我又说，最后能问你是怎样知道我的电话号码的吗？

她在整个谈话过程中，第一次轻轻地笑了，说，信息社会，我们只要想找一个人，他就逃不掉。您说对吗？

我也笑了，说，对。假如今后我还有机会给你留言，会再一次写上——祝你和孩子平安。

○蚕是被自己的丝
裹住的

蚕是被自己的丝裹住的，这是一个真理。每一个养过蚕的人和没有养过蚕的人，都知道这件事。蚕丝是一寸一寸吐出来的，在吐的时候，蚕仰着头，很快乐专注的样子。蚕并没有意识到，正是自己的努力劳动，才将自己的身体束缚得紧紧的。直到被人一股脑儿丢进开水锅里，煮死，然后那些美丽的丝，成了没有生命的嫁衣。

这是蚕的悲剧。当我们说到悲剧的时候，不由自主地持了一种观望的态度。也许，是"剧"这个词，将我们引入歧途。以为他人是演员，而我们只是包厢里遥远的安全的看客。其实，作茧自缚的情况，绝不如想象的那样罕见，它们广泛地存在于我们周围，空气中到处都飘荡着纷飞的乱丝。

钱的丝飞舞着。很多人在选择以钱为生命指标的时候，看到的是钱所带来的便利和荣耀的光环。钱是单纯的，但攫取钱的手段却不是那样单纯。把一样物作为自己奋斗的目标，它的危险，不在于这桩物品的本身，而在于你是怎么样获取它并消费它。或许可以说，收入钱的能力还比较容易掌握，支出它的能力则和人的综合素质有极大的关系。在这个意义上讲，有些人是不配享有大量的金钱的。如同一个头脑不健全的人，如果碰巧有了很大的蛮力，那么，无论是对于他本人还是对于他人，都不是一件幸事。在一个社会财富和个人财富飞速增长的时代，钱是温柔绚丽的，钱也是漂浮迷惘的，钱的乱丝令没有能力驾驭它的人窒息，直至被它绞杀。

爱的丝也如4月的柳絮一般飞舞着，迷乱着我们的眼，雪一般覆盖着视线。这句话严格说起来，是有语病的。真正的爱，不是诱惑，是温暖。只会使我们更勇敢和智慧，但的确有很多人被爱包围着，时有狂躁，那就是爱得没有节制了。没有节制的爱，如同没有节制的水和火一样，甚至包括氧气，同是灾难性的。

水火无情，大家都是知道的。但是谈到氧气，那是一种多么好的东西啊。围棋高手下棋的时候，吸氧之后，妙招迭出，让人疑心气袋之中是否藏有古今棋谱。记得我学习医科的时候，教授讲过这样一个故事。一名新护士值班，看到衰竭的病人呼吸十分困难，用目光无声地哀求她——请把氧气瓶的流量开得大些。出于对病人的悲悯，加上新护士特有的胆大，当然，还有时值夜半，医生已然休息。几种情形叠加在一起，于是她想，对病人有好处的事，想来医生也该同意的，就在不曾请示医生的情况下，私自把氧气流量表拧大。气体通过湿化瓶，汩汩流出，病人顿感舒服，眼中满是感激的神色，护士就放心地离开了。那夜，不巧来了其他的重病人。当护士忙完之后，挥着一头的汗水再一次巡视病房的时候，发现那位衰竭的病人，已然死亡。究其原因，关键的杀手竟是——氧气中毒。高浓度的氧气抑制了病人的呼吸中枢，让他在安然的享受中丧失了自主呼吸的能力，悄无声息地逝去了……

很可怕，是不是？丧失节制，就是如此恐怖的魔杖，它令优美变成狰狞，使怜爱演为杀机。

谈到爱的缠裹带给我们的灾难，更是俯拾即是。放眼观察，会发现很多。多少人为爱所累，沉迷其中，深受其苦。在所有的蚕丝里面，我以为爱的丝，可能是最无形而又最柔韧的一种。挣脱它，也需要最高的能力和技巧。这当中的奥秘，需每一个人细细地揣摩练习。

还有工作的丝、友情的丝、陋习的丝、嗜好的丝……或松或紧地包绕着我们，令我们在习惯的窠臼当中难以自拔。

逢到这种时候，我们常常表现得很无奈很无助，甚至还有一点点敝帚自珍的狡辩。常常可以听到有人说，我也知道自己的毛病，也不是不想改，可就是改不掉。我就是这样一个人了……当他说完这些话的时候，就好像对自己和众人都有了一个交代，然后脸上就显出安坦无辜的样子，仿佛合上了牛皮纸封面的卷宗。

每当这种时候，我在悲哀的同时，也升起怒火。你明知你的茧，是你自己吐的丝凝成的，你挣扎在茧中，你想突围而出。你遇到了困难，这是一种必然。但你却为自己找了种种的借口，你向你的丝退却了。你一面吃力地咬断包围你的丝，一面更汹涌地吐出你的丝，你是一个作茧自缚的高手，你比推石头的西西弗斯还惨。他的石头只是滚下又滚下，起码并没有变得更大更沉重。你的丝却在这种突围和分泌的交替中，汲取了你的气力，蚕食了你的信心，它令你变得越来越不喜爱自己，退缩着，在茧中藏得更深更严密更闭锁更干瘪了。

我们每个人都有一些茧。这些茧背负在我们的身上，吸取着我们的热量，让我们寒冷，令前进的速度受限。撕碎这茧，没有外力和机械可供支援，只有靠自己的心和爪。

茧破裂的时候，是痛苦的。茧是我们亲手营造的小世界。茧的空间虽是狭窄的，也是相对安全的。甚至一些不良的嗜好，当我们沉浸其中的时候，感受到的也是习惯成自然的熟络。打破了茧的蚕，被鲜冷的空气、闪亮的阳光、新锐的声音、陌生的场景……刺激着，扰动着，紧张的挑战接踵而来。这种时刻的不安，极易诱发退缩。但它是正常和难以避免的，是有益和富于建设性的，你会在这种变化当中，感受到生命充满爆发的张力，你知道你活着痛着并且成长着。

有很多人终生困顿在他们自己的茧里。这是他们自己的选择，当生命结束的时候，他们也许会恍然发觉，世界只是一个茧，而自己未曾真正地生活过。

○教养的
证据

教养是个高频词。时下，如果说某人没教养，就是大批评大贬义了。如果说一个女人没教养，简直就如同说她是三陪小姐了。

什么叫教养呢？辞典上说是"文化和品德的修养"，但我更愿意理解为"因教育而养成的优良品质和习惯"。

一个人可以受过教育，但他依然是没有教养的。就像一个人可以不停地吃东西，但他的肠胃不吸收，竹篮打水一场空，还是骨瘦如柴。不过这话似乎不能反过来说——一个人没有受过系统的教育，他却能够很有教养。

教养不是天生的。一个小孩子如果没有人教给他良好的习惯和有关的知识，他必定是愚昧和粗浅的。当然，这个"教"是广义的，除了指入学经师，也包括家长的言传身教和环境的耳濡目染。

教养和财富一样，是需要证据的。你说你有钱不成，得拿出一个资产证明。教养的证据不是你读过多少书，家庭背景如何显赫，也不是你通晓多少礼节规范，能够熟练使用刀叉会穿晚礼服……这些仅仅是一些表面的气泡，最关键的证据可能有如下若干。

热爱大自然。把它列为有教养的证据之首，是因为一个不懂得敬畏大自然，不知道人类渺小的人，必是井底之蛙，与教养谬之千里。这也许怪不得他，因为如果不经教育，一个人是很难自发地懂得宇宙之大和人类的微薄的。没有相应的自然科学知识，人除了显得蒙昧和狭隘以外，注定也是盲目傲慢的。之所以从小就教育孩子要爱护花草，正是这种伟大感悟的最基本的训练。若是看到一个成人野蛮地攀折林木，通常人们就会毫不迟疑地评判道——这个人太没有教养了。可见教养和绿色是紧密地联系在一起的。懂得与自然协调地相处，懂得爱护无言的植物的人，推而广之，他多半也可能会爱惜更多的动物，爱护自己的同类。

一个有教养的人，应该能够自如地运用公共的语言，表达自己的内心和同他人交流，并能妥帖地付诸文字。我所说的公共语言，是指大家——从普通民众到知识分子都能理解的清洁和明亮的语言，而不是某种狭窄的土语俚语或者某特定情境下的专业语言。这个要求并非画蛇添足，在这个千帆竞发的时代，太多的人，只会说他那个行业的内部语言，只会说机器仪器能听懂的语言，却不懂得和人亲密地交流。这不是一个批评，而是一个事实。和人的交流的掌握，特别是和陌生人的沟通，通常不是自发产生的，是要通过学习和练习来获得的。一个没有受过教育的人，他所掌握的词汇是有限和贫乏的，除了描绘自己的生理感受，比如饿了、渴了、睡觉以及生殖的欲望之外，他们对于自己的内心感知甚为模糊，因为那些描述内心感受的词汇，通常是抽象和长于比兴的。不通过学习，难以明确恰当地将它表达出来。那些虽然拥有一技之长，但无法精彩地运用公共语言这种神圣的媒介，来沟通和解读自我心灵的人，难以算是一个有教养的人。技术是用来谋生的，而仅仅具有谋生的本领是不够的，就像豺狼也会自发地猎取食物一样，那是近乎无须教育也可掌握的本能。而人，毫无疑问地应比豺狼更高一筹。

一个有教养的人，对历史有恰如其分的了解，知道生而为人，我们走过了怎样曲折的道路。当然，教养并不能使每个人都像历史学家那样博古通今，但是教养却能使一个有思考爱好的人，知晓我们是从哪里来，要到哪里去。教养通过历史，使我们不单活在此时此刻，也活在从前和以后，如同生活在一条奔腾的大河里，知道泉眼和海洋的方向。

　　一个有教养的人，除了眼前的事物和得失以外，他还会不由自主地想到他远大的目标。教养把人的注意力拓展了，变得宏大和光明。每一个个体都有沉没在黑暗峡谷的时刻，当你跋涉和攀援时，虽然伤痕累累，因为你具有的教养，确知时间是流动的，明了暂时与永久。相信在遥远的地方，定有峡谷的出口，那里有瀑布在轰鸣。

　　一个有教养的人，特别是女人，对自己的身体，有着亲切的了解和珍惜之情。知道它们各自独有的清晰的名称，明了它们是精致和洁净的，身体的每一部分都有着不可替代的功能，并无高低贵贱的区别。他知道自己的快乐和满足，有很大的一部分是建筑在这些功能灵敏的感知上和健全的完整上的。他也毫无疑义地知道，他的大脑是他的身体的主宰。他不会任由他的器官牵制他的所作所为，他是清醒和有驾驭力的。他在尊重自己身体的同时，也尊重他人的身体。在尊重自我的权利的同时，也尊重他人的权利。在驰骋自我意志的骏马时，也精心维护着他人的茵茵草地。

　　一个有教养的人，对人类种种优秀的品质，比如忠诚、勇敢、信任、勤勉、互助、舍己救人、临危不惧、吃苦耐劳、坚贞不屈……充满敬重敬畏敬仰之心。不一定每一个人都能够身体力行，但他们懂得爱戴和歌颂。人不是不可以怯懦和懒惰，但他不能把这些陋习伪装成高风亮节，不能由于自己做不到高尚，就诋毁所有做到了这些的人是伪善。你可以跪在泥里，但你不可以把污泥抹上整个世界的胸膛，并因此煞有介事地说到处都是污垢。

有教养的人知道害怕。知道害怕是件有意义有价值的事情。它表示明了自己的限制，知道世上有一些不可逾越的界限。知道世界上有阳光，阳光下有正义的惩罚。由于害怕正义的惩罚，因而约束自我，是意志力坚强的一种体现。

有教养的人知道仰视高山和宇宙，知道仰视那些伟大的发现和人格，知道对于自己无法企及的高度表达尊重，而不是糊涂地闭上眼睛或是居心叵测地嘲讽。

教养是不可一蹴而就的。教养是细水长流的。教养是可以遗失也可以捡拾起来的。教养也具有某种坚定的流传和既定的轨道性。教养是一些习惯的总和，在某种程度上，教养不是活在我们的皮肤上，而是繁衍在我们的骨髓里。教养和遗传几乎是不相关的，是后天和社会的产物。教养必须要有酵母，在潜移默化和条件反射的共同烘烤下，假以足够的时日，才能自然而然地散发出香气。教养是衡量一个民族整体素质的一张X片子。脸面上可以依靠化妆繁花似锦，但只有内在的健硕，才经得起冲刷和考验，才是力量的象征。

○致不美丽的
女孩子

Wan
An

有一天，我收到了一封读者来信，撕开之后，落下来一张照片。先看了照片，没什么特别的感觉，待看了信件之后，心脏的部位就有些酸胀的感觉。我赶快伏案，写了一封回信（是手写的，不是用电脑打出来的。我在回信这件事上，总是固执地坚持手工操作）。现在征得那位女孩子的同意，把她的信和我的回复一并登出来，但愿她的父母会看到。

阿姨：

您好！

我有一个痛彻心腑的问题。我的爸爸妈妈都长得很好看，简直就是美女和帅哥的超级组合（他们那个年代还没有这样时髦的词，好像用的是"秀丽"和"精干"这两个形容词）。

人们都以为他们会生出一个金童玉女来，可惜我就恰恰取了他们的缺点组合在一起了，长得一点儿也不漂亮。我从小就习惯了人们见到我时的惊讶———哟，这个小姑娘长得怎么一点儿也不像她的爸爸妈妈啊！最令人伤感的是，我爸爸妈妈也经常会这么说，同时面露极度的失望之色。为此，我非常难过，也不愿和他们在一起走。现在唯一的希望就是他们快快老起来，那时候，他们就不会太好看了，而我还年轻，是不是可以弥补一下先天的不足啊。您说呢？

寄上一张我的照片，但愿不会吓着您。

肖晓

肖晓：

你好！

我看到了你寄来的照片，情况不像你说的那样悲惨啊！相片上，你是一个很可爱很阳光的少女哦！也许你的父母真是美男子和美女的超级组合（遗憾你没有寄来一张合影，那样的话，我也可以养养盯着电脑太久而昏花的双眼了），在这样的父母笼罩之下，真是很容易生出自卑的感觉，此乃人之常情，你不必觉得是自己的错。不过，如果你的父母也这样埋怨你，你尽可以据理力争。找一个至爱亲朋大聚会的场合，隆重地走到众人面前，一本正经地说，嗨，大家请注意，我是一件产品，内在的质量还是很好的，至于外表，那是把我制造出来的设计师的事，你们如果有意见，就找他们去提吧，或者把产品退回去要求返修，把外观再打磨一下。但愿当你说完这番话之后，大家就会面面相觑，微笑着不再说什么了。

人们总是非常愿意评价他人的长相，有时单凭长相就在第一时间做出若干判断。这也许是从远古时代就流传下来的一种近乎本能的习惯，那时候的人会凭借着长相，判断对方和自己是不是同属于一个部落和宗族，是不是有良好的营养和体力，甚至性情和脾气也能从面部皱纹的走向看出端倪来。现代人有了很多进步，但在以貌取人这方面，基本上还在沿用旧例，改变不大。

有一句流传很广的话是这样说的——人的长相这件事，在35岁之前是要父母负责的，但在35岁之后，就要自己负责了。我有时在公园看到面目慈祥很有定力的老女人，心中就会充满了感动。要怎样的风霜才能勾勒出这样的线条和风采，我们看到的不再是先天的美貌桑叶，它们已经被岁月之蚕噬咬得只剩下筋络，华贵属于天地的精华和不断蜕皮的修炼。

从相片上看你还很年轻，长相的公案，目前就推给你的父母吧。我希望你健康地长大，但中年以后的事，恐怕就要你自己负责了。如果你实在不想再听这些议论了，唯一的办法是找到一卷无边无际的胶带，牢牢地糊住他们的嘴巴。看到这里，我猜你会说，你开的这个方子好是好，可我现在到哪里去找那卷无边无际的胶带呢？就是找到了，我能不能买得起？这卷胶带在哪里，我也不知道。它是怎样的价钱，我也不知道。找找看吧，到网上搜索一番，请大家一齐帮忙找。如果实在是上穷碧落下黄泉也找不到，就只有最后一个法子，那就是让人们说去吧，你可以我行我素，依然快乐和努力地干自己想干的事。

祝你鸡年好！

淑敏

伊年伊月伊日

○修补
爱情

东西用得久了，便会磨损。小到一双鞋子，大到整个天空。于是诞生了修补这个行当。从业人员从街头古朴的老鞋匠，到谁都未曾谋面的一位叫女娲的神仙。

只有珍贵的东西，才需要修补。我们不会修补一次性的筷子和菲薄的面巾纸，但若损坏的是一双象牙筷子和一幅名贵字画，又是家传的珍宝和友人的馈赠品，那就大不一样了。你会焦灼地打探哪里有技艺高超的工匠，为了让它们最大限度地恢复原貌，不惜殚精竭虑。

我们修补，是因为我们怀有深情。在那破损的物件的皱褶里，掩藏着岁月的经纬和激情的图案。那是情感之手留下的独一无二的指纹，只属于特定的人和特定的刹那。

考古人员修复文物所费的精力，绝对大于再造一件新品。比如一个陶罐，掉了耳朵，破了边沿，漏了帮底，假若它是新出厂的，肯定会被扔在垃圾箱里。但一件文物在修复者眼里，它们是不可替代的唯一，于是绞尽脑汁，将它复原到精致美丽。陶罐里盛着凝固的历史和永恒的时间。

修补是一个工程，需要大耐心，大勇气，大智慧。耐心是为了对付那旷日持久的精雕细刻，勇气是为了在漫长的修复过程中，坚定自己的信念和抵御他人的不屑。智慧是为了使原先的破损处，变得更加牢靠而美观。

人们常常担心修补过的器物是否还有价值。也许在外观上会遗有痕迹，但在内在品质上，修补处该更具强韧的优势。听一位师傅说，锔过的碗，假如再摔于地，哪怕别处都碎成指甲盖大的碗茬，但被锔钉箍过的磁片，依旧牢牢地拢在一起。

爱情是我们一生中最需精心保养的器皿，它具备可资修补的一切要素。爱是珍贵的，爱是久远的，爱是有历史的，爱是渗透了情感的，爱是无价之宝。

爱情的修理工，不能假手他人，只能是我们自己。当我们签下爱情契约的时候，也随手填写了它的保修单。我们既是爱情的制造者，也是它的使用者和维修点。这种三合一的身份，使人自豪幸福也使人尴尬操劳。爱情系统一旦出了故障，我们无法怨天

若以此法修补爱情，

将它放进两颗胸膛，

以心血灌溉，

以精神哺育，

以意志坚持，

以柔情陶冶，

它定会枯木逢春，重新郁郁葱葱。

尤人，只有痛定思痛地查找短路，更换元件，改善各种环境和条件……

古书上说，假如宝玉有了裂纹，可用锦缎包裹，肌肤相亲，昼夜不离身，如此三年，那美玉得了人的体温滋养，就会渐渐弥合，直至天衣无缝，成为人间至宝。

不知这法子补玉是否灵验？若以此法修补爱情，将它放进两颗胸膛，以心血灌溉，以精神哺育，以意志坚持，以柔情陶冶，它定会枯木逢春，重新郁郁葱葱。

绿手指

美国一个小镇，有一位老奶奶，长着"绿手指"。千万别以为她是个妖怪或有什么特异，这是当地人对好园丁的称赞。

一天，老人在报上看到一条消息，园艺所重金悬赏纯白金盏花。老奶奶想：金盏花，除了金色，就是棕色，白色的？不可思议。不过，我为什么不试试呢？

她对八个女儿讲了，遭到一致反对。大家说："你根本不懂得种子遗传学，专家都不能完成的事，你这么大年纪了，怎么可能呢？"老奶奶决心一个人干下去。她撒下金盏花的种子，精心侍弄。金盏花开了，全是橘黄的。老奶奶在中间挑选一朵颜色稍淡的花，任其自然枯萎，以取得最好的种子，第二年把它们栽种下去。然后，再从花朵中挑选颜色浅淡的种子栽种……

一年又一年，春种秋收循环往复，老奶奶从不沮丧怀疑，一直坚持。女儿远走了，丈夫去世了。生活中发生了很多的事，老奶奶处理完这些事之后，依然满怀信心地栽种金盏花……

二十年过去了，有一天早晨，她来到花园。看到一朵金盏花开得奇特灿烂，它不是近乎白色，也不是很像白色，是如银似雪的纯白。

她把100粒种子寄给了那家20年前悬赏的机构。她甚至不知道这则启事是否还有效，在这漫长的岁月里，是否早就有人培育出了纯白金盏花。

等待的日子长达一年，因为人们要用那些种子验证。终于，园艺所长打电话给老奶奶说："我们看到了你的花，它是雪白的。因为年代久远，资金不再兑现，您还有什么要求吗？"

老奶奶对着听筒小声说："你们可还要黑色的金盏花？我能种出来……"

黑色的金盏花至今没开放，因为老奶奶去世了。

但愿你我还能长出新的绿手指。

○优秀女子
择偶难

　　不要忽视你身边太熟悉的人，宝藏往往就埋藏在你周围。这种忽略眼前、好高骛远的人，基本上也是忽略自我的人。当你看不起自己的时候，你也看不起周围的人。

　　很多女子抱怨自己找不到合适的伴侣。她们期望着优秀，不断地磨砺着自己的优秀。优秀的女子都希望找到的男子比自己更优秀，殊不知在这场觅宝的过程中，等待并不是最好的策略。你在寻寻觅觅，很多手疾眼快的女子已经把青青的果子摘下来，放在自己的篮子里，等待成熟。

　　一个女子要找到一个男子，如同一个螺栓要找到一个螺帽。这个比喻虽然没有"肋骨"那样血肉相连，倒是更符合工业社会的氛围。

我觉得大龄女子们常常忽略了一个基本事实。我这样说，并不是嘲笑她们的智商，而是有好几次我把这个道理讲给她们听的时候，她们脸上的惊奇之色，让我很是心疼。所以，我就不厌其烦地在这里再讲一遍，你如早已知晓，就跳过去好了。

齐眉三十岁了，真是一个好姑娘。那张脸精致得无可挑剔，只是眼角已经有了极细小的皱纹。她是社会学的硕士，在一家很好的单位任职。她说，我就想不通，那些条件好的男士，怎么就匆匆忙忙地把自己处理掉了，而不等等我们呢？

我说，齐眉，你是哪一年生人？

她说，毕老师，现在是2008年，我三十岁了。您可以算出我是哪一年出生的。

我说，还是你自己告诉我吧。

齐眉小声说，1978年。

我说，你要找的男子大约是多大年纪呢？

她说，年龄不能太大吧？最多比我大五岁。

我说，能不能选择年龄比你小一点儿的男生呢？

她思忖了一下说，最多只能小两岁。

我说，好了，我们对男子年龄的要求已经算出来了。他们大概是1973年到1980年出生的男子。

我又说，你对他们的身高有没有要求？

　　齐眉说，当然有要求了。我身高一米七，他总不能比我矮吧？还要算上高跟鞋的高度，我就算不穿那种鞋跟特别高的，三厘米的高度总是要有的。夏天，我还喜欢戴美丽的帽子，这样，他起码一米八以上。

　　我说，好的，我都记录在案了。学历呢？

　　齐眉笑起来说，这还用问吗？我都硕士了，他最低要和我一样，最好是博士、博士后什么的。

　　我说，还有吗？

　　齐眉说，当然有了。他得是城里人，不得有一大帮子乡下的穷亲戚，那样我们家不得开旅馆啊！父母得是知识分子，最好是教授。不要官员，官员一退下来就什么都不是了。他得有房子，起码要三室一厅，不然将来有了孩子，还要雇保姆，都在哪里住呢？这要先考虑周全。要有车，虽然不需要是宝马、奔驰什么的，但夏利和捷达肯定不成，本田和凯美瑞差不多。爱好体育，不能有啤酒肚、罗圈腿什么的，平足最好也没有……五官要端正，人品要好，不吸烟、不喝酒、不打麻将……收入嘛，年薪在十万元以上……

　　齐眉意犹未尽，还想补充点什么。我赶紧说，咱们暂且打住，你看我现在把对方描画一番，你听听看是否全面。

　　该男子年龄在二十八到三十五岁之间，身高一米八，书香门第，硕士以上的学历，家是城市的，有房有车，品行好，相貌好，收入好，工作好，没有不良习气，忠于老婆——

齐眉笑起来说，我可没说要忠于老婆。

我说，那么你愿意找一个不忠诚的男子啦？

齐眉说，我没说，不等于我没有要求。我觉得忠诚是不言而喻的。

我说，这样的男子好不好？

齐眉说，当然好了。这是我多年以来制定下的标准，无懈可击。

我说，你按照这个标准寻寻觅觅，直到现在还是单身，看来是没有找到。

齐眉说，找到了一个。

我说，那为什么不赶紧抓住他，把自己嫁出去？

齐眉深叹了一口气说，我找到他的时候，他已经是别人的老公了。我不能做那种没有道德的事情。况且，我真的向他示爱，他也许不会接受我。因为这样的人，对自己的家庭是很有责任感的。

我说，齐眉，咱们现在已经逼近了结论。你觉得这样的男子好，我也觉得这样的男子好，但这样的男子在人群中的比例是十分稀少的。也就是说，你要求的是一个小概率的事件。中国男子的平均身高是1.697米。中国这些年来培养出的硕士、博士以上人才，总共100万人，只占全部人口的1%以下，这其中还包括女性。你所要求的身高、学历两项，就把很多人删去了。然后还有城市户口，有房有车，年薪、家庭背景等条件，说句悲观的话，我觉得1000个未婚男子当中都难得挑出一个。这个概率太低了。

而且，你要注意，这是不能增产的。因为那些螺帽不是现在制造出来的，是早在28～35年以前就出厂了，没有办法增加配给。你只有在这个框架中挑选。你刚才说的那个例子就很典型，好不容易碰上了一个，结果早就成家立业成了人夫，你没法插足了。

说句实在话，在恋爱心理方面，男子和女子是不相同的。男子其实并不一定要找个有地位、有学历、收入高的女子为妻，他们可能更看重的是女子的温柔体贴、贤惠和顺，对自恃条件优越而颐指气使的女生，未必就趋之若鹜、曲意逢迎、百折不挠、再接再厉、生命不息追求不止。

说句不客气的话，你知道这样的男生条件好，别人也知道。这不是一个秘密，不可能藏着掖着，而是公开摆在那里，路人皆知。那些想借着婚姻这"第二次出生"来改变自己命运的女子，在这个世上大有人在。她们更具有敏锐的嗅觉和求生的本能，能更全面地具备生存的智慧，她们往往谋略更早，出手更快，更会审时度势，发现那些潜在的绩优股，更不消说齐眉你所要求的这种显而易见的卓越分子了。

试想一下，如果早市上有一把更青翠、更水灵、更茁壮的芥菜，是不是那些早起的主妇会抢先把它拣到篮子里呢？这就是婚姻的法则，你已经失去了先机，现在，要在新的形势下制订新的策略。

齐眉有点慌了，说，我不愿委屈自己。

我说，这不是委屈自己，只是适当地调整而已。

齐眉说，我想不到自己的标准中哪一点可以调整。

我说，我看最可以调整的就是男子的身高。

齐眉说，我觉得这一点最不可商量。

我说，为什么呢？

齐眉摇头叹气道，身高这个东西，没有一时一刻能逃得掉，只要你一睁眼，就看得到。一个矮个子的人，总在你面前晃啊晃的，叫人多闹心啊！拿不出手啊！

我说，这就是你的心理感受了。世界上有很多身材矮小的男人，都做出了很大的成就，这些我就不多说了。我想问你的是，你知道女子选择配偶，为什么首选高大的男子吗？

齐眉说，赏心悦目啊！

我说，这肯定是原因之一，但不是最重要的原因。况且，就连这一条，也是长久以来的文化所形成的。世界上并没有什么规定说人越高大越好。

齐眉说，这我可就有点不明白了。您告诉我，也许有助于我早早嫁出去。

我说，人们为什么喜爱高大的男子，这要从人类的进化谈起。在远古的时候，条件非常艰苦，几乎没有工具。人们在狩猎和保卫营地的时候，当然是高大的男子比较占优势，他们有更多存活下来的机会。就是受到野兽的攻击，依仗着身高腿长，奔跑起来速度更快，这样就能有更多的机会逃脱。作为繁衍后代的女子，为了自身的安全和后代的保障，当然是找这样的伴侣比较保险了。人们就把这样的观念一代代地传了下来，现在的女孩子们就被动地接受了这个潜规则，并不去想想它有多少合理性。

齐眉若有所思，说，古代人的智慧到今天难道过时了吗？

我说，时过境迁。即使是在古代，要想得到最大的安全，也不是光凭着体力的优越就可以存活下来的，还要靠脑子灵活、身手矫健，这是毫无疑问的。证据之一就是那些矮小的男子并没有被这种残酷的生存法则淘汰光了，他们依然生机勃勃地存在着，而且这种动脑的优势越来越明显。到了现代，摆脱科学技术的帮忙，纯粹运用体力就可以得到最大收益的行当，是越来越少了。反之，需要动脑筋拼智商的事业是越来越多了。比如使用计算机，你很难说一个一米八的大汉就一定会比一个一米六的小个子操纵得更熟练。比如拿出一个最好的创意和设计方案，基本上也和该男子的身高没有关系……也就是说，现代社会让身高这个因素逐渐淡化了……

您说得有道理，可是不全面。要知道，身高不是淡化了，是更强化了。如果我告诉别人，我找的男朋友身高还没有我高，那我还不得被人笑话死了？齐眉反驳我。

我从这反驳中听出了曙光。齐眉已经在认真地考虑这个建议了。

我说，你估计得不错。现代传媒的力量很大，他们总是把一些身材高大的男子汉展现在银幕中，逼人仰视。这是影视附和人们潜意识的结果，反过来它又把这种潜意识变成了触手可及、活灵活现的屏幕真实。作为一个现代人，要有火眼金睛，识别这种种光怪陆离底下的真相，然后从容地按照自己的心愿行事。

齐眉半晌不语，然后说，我明白了，试试看吧。

我说，好啊，你的名字很好，预祝你找到另一半，让那个成语找到另一半——举案齐眉。

女友是经济学家。一天拉拉杂杂地聊天，不知怎的扯到性感上来了。她问，依你看，在表述对异性性感方面的要求上，男人和女人谁更赤裸裸？

我一时没听明白，说从哪些方面看呢？

女友说，就从征婚广告上看吧。这是现代人对性感要求的最好标本。

我说，那可能是男性。你没看到满世界花红柳绿的刊物封面，都是美女当家，基本是为了满足男性的审美欲望。

女友说，错了。我看女性在要求男性性感方面，一点儿也不含蓄。

比如征婚广告，女性全都很明确地标出要求男性的身高。身高这个东西，就是性感标志。在畜牧和农耕社会之时，包括前工业社会，一个男人的身高是非常重要的，因为追赶猎物捕获敌方包括应对情敌，身高都是举足轻重的砝码。一个女人，找到一个高大的男人，自己和后代的生存与安全就有了比较稳固的保障。相比之下，男人还要克制一些，甚至可以说明智一些。他们在征婚广告上并没有写出要求女性的三围是多少，更多是提出希望所征女性贤淑温柔。这是后天的品德而不是先天所赐。当然你可以说贤淑也是性感，如果说性感也分档次的话，我看这是较高层次的性感指标。

我笑起来说，那按你的这套逻辑，其实要求男子的身高是一种过了时的性感。

女友正色道，是啊。就是在原始社会，身高也不一定能保证必定胜出，矮个子只要智谋超群，也一样能遗传自己的基因，这也就是矮个子至今连绵不绝的原因。女人把持着身高这一点不放，是思维上的懒惰，把事物简单化了。简单的现代化还有一种表现，就是把财富当成了性感。我大笑，说这也太有趣了，身高当性感还可接受，至于钱和性感，实在有点风马牛不相及。

朋友说，毕淑敏你太迂。我说的不是幸福，是性感。性感是个中性的词汇，你不能说它是好或是不好，也不能说它一定会导致怎样的结果。一些不愿或是不喜用自己的头脑思考的人，总是喜欢把复杂的事情写个普及版。如今，不单有钱是性感，有权有势也都成了性感标志。你看腐化堕落的高官，几乎都有所谓的"红颜知己"，其实不过是吞食了诱饵的异性猎物。以为男子有权有势有身高有祖业……就是性感，以为跟随他自己的一生就有了保障，实在大谬。性感并不是生殖感，所以它不仅仅和性激素有关，更是和一个人对自己的性别的把握和修养有关。拿男子来说，想远古时期，必是跑得快跳得高能用石斧砍虎狼的头领才是性感。到了后来，像诸葛亮这样摇着鹅毛扇但很有计谋的人，也要算作性感。远古对待女人，一定是能多多生育的母亲才叫性感。但到了自杀的虞姬那会儿，除了美貌，刚烈忠贞也算性感了。这样看来，性感也是社会进步的指标之一。据说，最近某地评选最性感的男人，凤凰卫视的阮次山先生当选，这位老先生秃顶结巴，实在有违当下美男的标准。可见性感在不断进步。

性感在女性，不是扭腰送胯飞媚眼，也不是丰乳肥臀嗲音调，而是一种将女性的外在和内在之美融合为一体，不单要男性觉得这是异性独到的巧夺天工，更要让女性也觉得这是本性姹紫嫣红的骄傲。性感在男性，不是虎背熊腰蛮气力，也不是高官厚禄金满地，而是将男性的外在和内在之美也融合得天衣无缝，不单让女性觉得这是异性独到的万千气象，更要让男性也觉得这是自己奋斗和仰望的范本。

我说，听你这样一讲，我等便都是一点儿都不性感的凡人了。朋友说，你以为性感像如今绿化的美国冷草坪一样遍地都是吗？性感其实是一种稀缺资源。

○幸福是一种
内心的稳定

Wan
An

　　我到40多岁的时候才觉得幸福是那么重要，此前我一直觉得自己不是一个幸福的人。后来我才知道，是我错了，幸福不是那么惊天动地的，不是那么大张旗鼓的，不是像我们想象的需要很多的金钱、需要那种万丈光芒的时刻。只要我们每一个人努力去争取、去奋斗，我们就会享有自己的幸福。

　　我最早关注到幸福这个问题，其实还是得益于一位德国的哲学家费尔巴哈。他说过，人活着的第一要务就是要使自己幸福。我当时看到这个说法挺惊讶的。我们会觉得我们有很多的小目标，我们会被这个社会的大的舆论所引导，被一些潮流所裹挟。可是，你一定要清楚，这一生你最重要的事情是让自己幸福。

　　我刚才说过，我到40岁的时候才明白了这些事情，源于那时我看到一个小的故事：

　　西方某个国家在进行一个调查研究，题目是"谁是世界上最幸福的人"。因为在报纸上发出了征集答案的征文，成千上万的信函就飞到了报社。报社组织了一个评选委员会，想看看民众中对于幸福、对于谁是最幸福的人有怎样的答案。最后，按照得票的多少，第一名是给自己的孩子洗完澡后怀抱婴儿的妈妈；第二名是给病人治好了病后目送那个病人远去的医生；第三名是，孩子在海滩上自己筑起一个沙堡，夕阳西下的时候，这个孩子看着自己筑起的沙堡时自得其乐的微笑；第四名是给自己的作品画上句号的作家。

　　我看到这个答案后，心里充满了悲凉。在某种程度上，这四种幸福在那个时候的我身上其实都已经历过。我有孩子，给他洗过澡，有抱过他的时候；我原来是医生，也有治好病人目送病人出院的时候；我可能没有在海滩上筑起过沙垒，但是在我们家附近工地上的沙堆挖过坑，然后看着旁边的人不小心掉进去；那时候我已经开始写作，所以也给自己作品画上过句号。我之所以难过，是因为我集这些幸福于一身，可是我未曾感到幸福。我想，不是世界错了，是我自己错了。我对于幸福的认识和把握，对它的追求，其实有重大的误区。就在这种情况下，我写了一篇散文叫《提醒幸福》，后来收入全国统编教材初中二年级语文里面。

　　四十不惑，中国的古话很有道理，时候不到真的不行，到了之后突然就明白了，所以我40多岁才明白了幸福。我现在看年轻时候写的日记，怎么能有那么多痛苦，但现在其实已经全忘记了。我原来觉得幸福是毫无瑕疵的，它应该没有任何阴影，应该那样纯粹和美好。但我现在要告诉你们，幸福其实是一种内心的稳定，我们没有办法决定外界的所有事情，但是我们可以决定自己内心的状态。或者简单地说，幸福其实是灵魂的成就。

　　我特别希望，年轻的朋友们从现在开始就懂得珍惜自己的生命和幸福，能明白所有的困苦都是生命过程中我们必然会遇到的。20多岁就能明白幸福该多好，你们会减少很多苦闷。当然，其实无论什么时候认识到幸福对我们如此重要都不晚，只要生命存在，我们就依然可以学习、可以成长。

　　在我明白了幸福以后，最重要的一个改变是，我觉得人生可以把握了。在此之前，我能把握的部分很少，因为心灵内部的那种无助感，那种随波逐流，那种对前程的不确定感，所以常常有一种深层的不安存在着。我现在越来越安宁了，我知道世上有一些事情我无能为力，这些我们都不要去费气力了。但是有一部分是可以改变的，我们怎么看待自己，怎么看待世界，我们把能改变的那部分尽我所能，按照我们的意志去加以改变。把这些事情做好以后，我心里面的稳定感就极大地增强了。我知道我一定会有灾难，因为世上不可能都是阳光灿烂的日子；也知道一定会有人性的幽暗之处在四面八方存在着，而当我把它们看得更清楚以后，我反倒对这个世界多了一份理解。我现在会觉得，这个世界就是如此泥沙俱下，但我依然对它充满希望，依然可以安然面对。

我学习心理治疗的时候是接受人本主义的流派，我特别喜欢马斯洛说过的一句话："做人是一件有希望的好事情。"我觉得人本主义流派有两大重要的出发点，一个是人性本善，另一个是人是可以改变的。我特别喜欢这两个基本的出发点，第一个和我们儒家的"人之初性本善"观点天然吻合；关于第二个，其实任何时候我们都不要把这个世界和自己看得太悲观，我们应该对别人和自己都充满希望。我喜欢这样的一个流派。

我当心理医生的时候，听过许多苦难、挫折、沮丧、悲哀甚至仇恨的诉说。这让我感动于人世中相依为命的信任感和生命处于困境仍寻求解脱之法的韧性。这会让我有一种很坚定的信念，即我在这种危机的时刻要和他们在一起，要尽我的力量，以我内心的温暖去帮助他们。但我仍然知道，每个人的命运是由自己决定的，最后的决定权在他们自己手里，而我会将自己一生所经历的艰难困苦中收获的经验与之分享，会尽我所能帮助他们走过生命中非常泥泞而混乱的时期。当然，我也会确保自己内心的坚定，而不被那种滚滚的浊流所吞没，我们只是助人自助，最终的力量还是要来自对方的内心。

友情如鞭

　　一次，一个陌生口音的人打电话来，请求我的帮助，很肯定地说我们是朋友（我们就称他D吧），相信我一定会伸出援手。我说我不认识他啊。D笑笑说，他是C的朋友。我不由自主地对着话筒皱了皱眉，又赶紧舒展开眉心，因为这个C我也不熟悉。幸好我们的电话还没发展到可视阶段，我的表情传不过去，避免了双方的尴尬。

　　可能是听出我话语中的生疏，D提示说，C是B的好朋友啊。

　　事情现在明晰一些了。这个B，我是认识的，D随后又吐出了A的姓名，这下我兴奋起来了，因为A确实是我最要好朋友之一。

　　D的事很难办，须用我的信誉为他作保。我不是一个太草率的人，就很留有余地地对他说，这件事让我想一想，等一段时间再答复你。想一想的实质——就是我开始动用自己有限的力量，调查D这个人的来历。我给A打了电话，她说B确实是她的好友，可以信任的。随之B又给C作了保，说他们的关系非同一般，尽可以放心云云。然后又是C为D投信任票……总之，我看到了一条有迹可循的友谊链。我由此上溯，亲自调查的结果是，ABCD每一个环节都是真实可信的。

我父母都是山东人，虽说我从未在那块水土上生活过，但山东人急公好义的血浆，日夜在我的脉管里奔腾。我既然可以常常信任偶尔相识的路人，又有什么理由不相信自己朋友的朋友呢？

依照这个逻辑，我为D做了保。

结果却很惨。他辜负了我的信任，是个见利忘义的小人。

愤怒之下，我重新调查了那条友谊链，我想一定是什么地方查得不准，一定是有人存心欺骗了我。我要找出这个罪魁，吸取经验教训。调查的结果同第一次一模一样，所有的环节都没有差错，大家都是朋友，每一个人都依旧信誓旦旦地为对方作保，但我们最终陷入了一个骗局。

问题出在哪里呢？我久久地沉思。如果我们摔倒了，却不知道是哪一块石头绊倒了我们，这难道不是比摔倒更为懊丧的事情吗？那条友谊链在我的脑海里闪闪发光，它终于使我怀疑起它的含金量来了。

　　这世上究竟有多少东西可以毫不走样地一代一代地传递下去呢？嫡亲的骨肉，长相已不完全像他们的父母。孪生的姐妹，品行可以天壤之别。遗传的子孙，血缘能够稀释到1/6、1/32……同床的伴侣，脑海中缥缈的梦境往往是南辕北辙。高大的乔木可以因了环境的变迁异化为矮小的草丛。橘树在江南为橘而甜，移至江北变枳而酸。甚至极具杀伤性的放射元素，也有一个不可抗拒的衰变过程，在亿万年的黑暗中，蜕变为无害的石头……

　　人世间有多少不以人的意志为转移的规律，其中也包括了我们最珍爱的友谊。

　　友情不是血吸虫病，不能凭借口口相传的钉螺感染他人。兵无常势，水无常形。变是常法，要求友谊在传递的过程中，像复印一般地不走样，原是我们一厢情愿的幼稚。

　　道理虽是想通了，但情感上总是有着大而坚硬的疙瘩。我看到友情的传送带在寒风中变色。信任的含量，第一环是金，第二环是锡，第三环是木头，到了C与D的第四环，已是蜡做的圈套，在火焰下化为烛泪。

　　现代人的友谊如链如鞭。它羁绊着我们，抽打着我们。世上处处是朋友，我们一天天在各式各样友情的旋涡中浮沉。几乎每一个现代人都曾被友谊之链套牢，都曾被友谊这鞭击打出血痕。

　　于是我常常在白日嘈杂的人群中厌恶友情，羡慕没有友谊只有利益的世界。虽然冷酷，然而简洁。

到了月朗星稀的夜半，当孤寂的灵魂无处安歇时，我又如承露的铜人一般，渴盼着友人自九天之上洒下琼浆。

现代人的友谊，很坚固又很脆弱。它是人间的宝藏，需要我们珍爱。友谊的不可传递性，决定了它是一部孤本的书。我们可以和不同的人有不同的友谊，但我们不会和同一个人有不同的友谊。友谊是一条越掘越深的巷道，没有回头路可以走的。刻骨铭心的友谊也如仇恨一样，没齿不忘。

友谊是一种易变的东西，假如它不是变得更好，就是不可抑制地变坏了，甚至极快地消亡。有时，在很长一段岁月里，友谊似乎是一成不变的，保持很稳定的状态。这是友谊正在承受时间的考验。

这个世界日新月异，在什么都是越现代越好的年代里，唯有友谊，人们保持着古老的准则。朋友就像瓷器，越老越珍贵。

友谊是一种生长缓慢的植物，砍伐它只需要一斧一瞬，培育它则需一世一生。仿佛也有像泡桐一样速生的友谊，但它也像泡桐一样，算不得上好的木材。当然，也有在刹那间酿出友谊的醇酒的，但那多需要极严酷的环境，或是泰山压顶，或是血刃封喉，于平常人是不大相干的。

友谊说起来是极宽广极忠厚的襟怀，其实又是很自私的。它的不可转让性就是明证。它只是一个个体对另一个个体单枪独马的承诺，时间地点都有严格可靠的限制，馈赠不得的。

在老家是朋友，到了深圳就不一定是朋友。穷的时候是朋友，富了以后很可能就谁也不认识谁了。小的时候是朋友，老的时候或许形同陌路。不信掏出我们每个人的电话簿，你就会发现，前些年经常联系的友人，现在已不知他们飘零何方。有些人已经反目，我们甚至不愿意再看到他们的名字。人为什么要不断地更换电话簿，我以为这是其中一个很重要的原因。

友谊还需滋养。有的人用钱，有的人用汗，还有的人用血。友谊是很贪婪的，绝不会满足于餐风饮露。友谊最简朴，同时也是最奢侈的，需要用时间去灌溉。

友谊必须诉说，友谊必须倾听。友谊必须交谈的时刻双目凝视，友谊必须倾听的时分全神贯注。

友谊有的时候是那样脆弱，一个不经意的言辞，就会使大厦顷刻倒塌。友谊有的时候是那样容易变质，一个未经证实的传言，就会让整盆牛奶变酸。

友谊之链不可继承，不可转让，不可贴上封条保存起来而不腐烂，不可冷冻在冰箱里永远新鲜。

正确地讲，友谊是没有链的，有的只是一个个孤立的小环。它为我们度身而作，就像神话中的水晶鞋，换一只脚套不进去。它是一种纯粹个人栽植的情感树，树上只结一个果子，叫信任。

红苹果只留给灌溉果树的人品尝。

别的人摘下来尝一口，很可能酸倒了牙。

○为什么总是
遇人不淑

Wan
An

　　她到心理诊室来的那天，天气很冷。她穿着很短的裙子，腿长得并不好看，透过薄薄的丝袜，可以看到曲张的静脉。鞋跟很高，大脚趾紧绷着，几乎和小腿扳成一条直线。

　　她坐下后第一句话是——我为什么总是遇人不淑？

　　我说，为什么要用"总是"这个词？

　　她叹了一口气说，我已经离过两次婚了。这一回，马上也要离了。

　　我也叹了一口气说，我听得出你很难过，很想改变。你不知道自己什么地方出了毛病，你需要稳定和温暖，是这样的吗？

　　她一下子握住我的手，柔若无骨，连声说，是的是的！我不是爱离婚的女人，世界上有一些女人，不把离婚当回事，我要真是那样，也就不痛苦了。我是想好好过日子的女人，我在这方面下的功夫，比一般女人大多了。可我为什么就找不到爱我的男人？好男人都到哪里去了呢？

看着她绝望的神色，我说，你是否能告诉我你是怎样遇到你曾经的三位丈夫？

她滔滔不绝地打开了话匣子。

我从小是一个害羞的女孩，我总怕别人欺负我，个子小又胆小的女孩，多半都会这样的吧。当我知道男女之事以后，我想，一定要找个子高大的男生，这样，谁欺负我，他就会站出来保护我。第一位丈夫是我同学，个子高高的，好似篮球运动员。我们俩的学习成绩都不怎么样，谁也用不着瞧不起谁。知根知底的，优缺点都一目了然，按说应该特踏实吧？所以，一有了工作，我们就结婚了。他当上了老板的保镖，一天跟着出入那些不三不四的场所，认识了一位洗头的小姐。我现在特恨"小姐"这个词。那算什么小姐啊？简直就是一个只能看小人书的打工妹。要是有点儿身份的小姐，起码傍一个"大款""中款"吧，这小姐，苍蝇也是肉，连个保镖也不放过。后来，他俩被我在自己的家里，逮了个正着……我当时害怕极了，比那两个狗男女吓得还厉害。他们倒是比我镇静，我丈夫撂下一句话——你既然看见了，就看着办吧！我呆呆地坐在家里，特别可惜我那精心布置的床，被糟蹋得乱七八糟的……别看我这个人个子小，可受不了这种窝囊气，我二话没说，离婚！

离了以后，我很快就从打击中恢复过来了，非要争一口气，要让我的前夫看看，你算个什么东西？你只能往底层里找，我呢？哼！这回找的不但个子要高过你，身份钱财都要比你强！

话虽是这样说，但有才有身份的男人，大姑娘随便挑，干吗非得娶我这么个一没学历二没个头三没好工作的二婚女子啊？我分析了一下自己的优势劣势，我长得不错，还因为从小就胆小，所以刚跟我接触的人，都以为我挺温柔的。许多男人啊，最看重的就是女人温柔。不信你到报纸上的征婚广告看看，有一个算一个，都是寻求温柔贤淑的女子。扬长避短吧，我就在这方面下功夫。学着做一个贤妻良母呗，没什么难的。只要说话声音轻一点儿动作慢一点儿，对小孩子特别疼爱就大功告成了。当然了，还得练着记住一些童话故事……

因为我要找的那种身份的男人，基本上都是带一个小孩的，你要是能对他的孩子好，他自然会给你加分。我报了社会上的各种学习班，比如"家长学校""烹饪班"什么的。小姐妹都笑我，说你连个月娃子都没养下呢，自己连整虾都舍不得买，只吃虾皮，上这种班，不是跳级吗？我不理她们，也不告诉她们我的真实想法。要是万一失败了，多丢人啊。把这些都操练得差不多了以后，我就开始物色对象了。

从哪儿物色？当然是从征婚广告上了。这法子说起来挺笨的，其实多快好省。你买一堆报纸刊物，仔细研究，条件一目了然，一上午浏览个百八十男人的基本情况，不是难事。看得多了，也能增长经验，什么人是真心的，什么人是闹着玩的，甚至想占便宜的，都能估计个差不多。虽说里面有骗人的，但我也刁，不是傻子，能分辨出个大致。感觉不好的，再不理他就是了。我特别重视身高这个条件，一米七九以下的，免谈。

你猜得不错，我前夫就是一米七九。怎么我也得找一个比他高的，高一厘米也是高。按说我这些条件加在一起，也挺苛刻的。可我还真是找到了一个愿意见面的。个高，有钱，有一份体面的工作，有一个很可爱的孩子……一切的一切，都同我预计的一模一样。我给他做很可口的饭菜，亲吻他的孩子……你问我这样做，是不是很勉强？说实话，有一点儿。但我知道这是为自己以后的幸福投资，也就一一地做了。这样接触了几次之后，是他催着结婚的。他说他太累了，需要一个安静的小潭。我说，我各方面的条件都不如你，你怎么会看上我呢？他说，前妻跟着别人走了，他下决心要找一个各方面都不如自己的人，只要对他好，对孩子好，就成了。钱挣多少是多呢？他挣的钱够用了，我的钱不多，这没关系……这些理由挺充分的，是不是？我信服了，觉得苍天有眼，我的准备都派上用场了，熬出头了。

我们很快就结了婚。婚礼是到国外旅行了一趟，几乎没通知朋友。我的第二任丈夫说，他不想大肆铺张，只想安安稳稳地过日子。我倒是很想风光一把，特别是让我的前夫知道知道，他离开了我，我却过得更好了。但新丈夫说低调处理好，我也就依了他。我还要保持一个贤惠的形象嘛。也许，我当时强烈要求大肆操办一番，事情就会是另外的结局了？毕竟他是一个好面子的人……

结婚以后，我的本色就慢慢露出来了，我不可能老忍着吧？他的孩子做得不对的，我也不能老哄着，是不是？爆发是因为我替他去开孩子的家长会，老师劈头盖脸地一顿训，我回来当然要转述给他的父亲。也许我的表情不够沉痛，也许我的忧虑不够发自内心，本来嘛，又不是我的亲生孩子，我能做到如此，已经很不错了。说着说着，我的第二任丈夫就开始生气，说我不是真心爱孩子，有点儿幸灾乐祸……最后说我是一只披着羊皮的狼……

我太冤枉了，我怎么会是狼？我是打算当一只忠诚的看家狗啊。我们开始争吵了。夫妻吵架这事，是不能开头的。开了头，就有瘾，会越吵越来劲。正在这时候，他的前妻回来了。他们是怎么开始来往的，我不知道。有一天吵架之后他对我说，我们还是离婚吧，我要和前妻复婚，她表示悔改，我原谅她了。我已经不相信女人了，但对孩子来讲，毕竟还是他的亲妈。至于你，可以给你一部分钱作为补偿……

我走了，没要他的钱。我不是为了钱，才和他结合的。我努力做了，可他是把我作为一个替代品。我上当了。他结婚的时候不肯通知朋友，说明他自己就对这次婚姻没信心，不看重。

这一次，我真的垮了。后来，我很快有了第三次婚姻。要说我的第二任丈夫，什么都没给我留下，这不对。他把一个观念留给了我，就是找一个条件不如自己的人。这样，你就操持着主动，你可以不要他，他却要巴结着你。我再找丈夫的时候，什么条件都放弃了，只问一条，个儿要超一米八二。

是的。我也涨了价码了。您可以想到，在这种倒霉的时候，我能有什么好运气？他是一个好吃懒做的人，就靠我的那点儿收入养活他。等把我吃光了，他就出去找别的女人。我说离婚，他腆着脸说，离婚干什么？凑合着过吧。我这是为你着想。像你这种女人，再离婚，谁还敢要你？丧门星！

我真的懵了。不知道哪里出了问题。我不是一个坏女人，我也没有害过人，可命运为什么对我如此不公？俗话说，事不过三。我为什么三次婚姻都如此不幸？有时我想，好人和坏人总是有一定比例的吧？这世界上总还是好人多吧？我就是在马路上随便拦住一个人，嫁给他，也不至于次次都输得这么惨吧？到底是什么地方出了毛病？她一口气说了这么久，目光始终不对着我的脸，只是紧张忧郁地注视着我的手，好像我的手里，捏着根还阳救命的仙草。

我缓缓地说，出毛病的地方，其实你自己是知道的啊。

她大吃一惊，说，您别开玩笑。我要是知道，还能一次次地陷得这么惨吗？我不会跟自己作对的！

我说，你的三任丈夫，都有一个共同点。你也反复多次提到，你找丈夫有一个雷打不动的条件……

她真是个聪明女子，马上说道，您是说我对身高的要求吗？这有什么错呢？您到征婚广告上看看，基本上都有这一条，人之常情啊。

我说，我很理解你。但我想问，你在对男人身高的要求后面，寄托的是什么呢？

她想了想说，我想……如果男方的个子高，以后生个孩子，个子也会高的。这不是优生优育的规律吗？

我说，你想得挺长远，这很好。可我一直没听到你有要孩子的打算。再者，对一桩婚姻来说，孩子并不是先决条件啊。请再想想，高个子后面的期望——是什么？

她低下头，想。当她再抬起头的时候，我看到了泪水。她说，我想要的是一份家庭的安全感。我说，对极了。婚姻是要给人以安全感的。但最主要的安全感是从哪里来呢？从男人的头发？从男人的眼睛？从男人的籍贯？从男人的誓言？

她沉思了半晌，说，要从男人对爱情的忠诚来看，和个子无关。小个子的男人，也一样能做个好丈夫的。

我握着她的手说，好。你讲对了一小半，还有一大半。

　　她说，婚姻的安全感更要从自己来。相信自己，不要把命运寄托在别人身上。这样，即便出了差错，也不会乱了方寸，病急乱投医。不会一错再错了。只要自己安全了，婚姻就安全了。

　　我送她出门的时候，紧紧地握着她的手。她的指尖依旧很凉，但已经有一种坚定的力量，蕴含在指掌之中了。